用欣赏的眼光打量世界

俞和江 著

上海文艺出版社
Shanghai Literature & Art Publishing House

图书在版编目（CIP）数据

用欣赏的眼光打量世界 / 俞和江著. -- 上海：上
海文艺出版社，2024. -- (南海潮 / 彭桐主编).
ISBN 978-7-5321-9072-0

Ⅰ. I267

中国国家版本馆 CIP 数据核字第 2024KK0636 号

发 行 人：毕　胜
策 划 人：杨　婷
责任编辑：李　平　程方洁　汤思怡　韩静雯
封面设计：悟阅文化
图文制作：悟阅文化

书　　名：用欣赏的眼光打量世界
作　　者：俞和江
出　　版：上海世纪出版集团　上海文艺出版社
地　　址：上海市闵行区号景路 159 弄 A 座 2 楼
发　　行：上海文艺出版社发行中心发行
　　　　　上海市闵行区号景路 159 弄 A 座 2 楼 206 室　201101　www.ewen.co
印　　刷：成都市兴雅致印务有限责任公司
开　　本：880×1230　1/32
印　　张：80
字　　数：1850 千
印　　次：2024 年 7 月第 1 版　2024 年 7 月第 1 次印刷
ＩＳＢＮ：978-7-5321-9072-0/I.7139
定　　价：398.00 元（全 10 册）

告读者：如发现本书有质量问题请与印刷厂质量科联系　T：028-83181689

从阅读出发的思考

——《用欣赏的眼光打量世界》序

绿　笙

是从《三明日报》诸多版面上，以及编发的作品里，逐渐知晓沙县有一位名叫俞和江的作者，直到有一天在沙县文友聚集的笔会上，才真正认识携着文字走到我面前的俞和江。事实上，作为一位资深编辑，每天与三明各地作者以文字的方式交流，通过这些文字结识无缘见面的作者，见证他的文字建筑慢慢地有了一些气象，形成独特的风格。这么一天，这位作者忽然从文字背后走到我面前，作为编辑，我很享受这么一种相识的机缘。俞和江也是这样一位作者。

其实，对于沙县，一直有一种深藏于心的情结，一种文化的归属，因为在沙溪河流域漫长的文化发育期，我们都是沙县人。许多年前，曾提出过"沙溪河流域文化岛"的概念。由历史沿革可知，永安及三明城区的三元一直属沙县管辖，在一千多年的行政管辖过程中，这种行政上的归属感和管辖权渗透，无疑极大地影响了文化的发育和形成，各种民俗民风和民间文化艺术等通

1

过官府强制手段互相渗透、交流和互补，在保留某些特质的同时逐渐互相认同，从而形成文化趋同现象，直接促动"沙溪河流域文化岛"的形成。最明显的就是"方言岛"现象，了解沙县、三元、永安的人都得知在这条沙溪河走廊，人们说着几乎完全相同的一种方言。因此，对于沙县的历史文化我一直保持足够的认知和尊重，当然也包括从这片土地生长出来的文字。然而，俞和江先生是一个个案，他与那些扛着纯粹文学旗号走到我面前的作者不同，介于文学与新闻之间，更多时候，更像是一位报纸专栏作者。

俞和江先生最早引起我关注的不是小说、散文、诗歌等纯文学作品，而是《三明日报》各版上刊发的言论，偶尔还在要闻版亮相。言论，是报纸一种特别的文体，属报纸评论部分，既有杂文的某些品质，又有新闻性，很多时候，一篇有见地的言论可深化新闻报道的主题，让版面语言更加丰满，同时兼具针贬时弊的思想深度。消息、言论、通讯是每位优秀记者必须具备的三种锐利武器，其中，篇幅不长、貌似简单的言论，体现记者的思想高度和文学素养。犹如横空出世的俞和江先生拎着他的言论，几乎一夜间在《三明日报》各类报纸版面露脸，以一种顽强的姿态，逐渐得到挑剔的编辑们认可。俞和江先生应当对报纸言论进行了比较全面的研究，有备而来，并非冒失闯入新闻这块他并不熟悉的领域。现在，俞和江先生将他的作品结集出版，如此数量的言论，不由令我敬重他的勤奋和执着。

俞和江先生这部作品"集结号"共分九个专辑，分门别类，比较细致，绝大多数作品我都能为它找到相应的"娘家"——版面。比方说，"悦读顿悟"的"娘家"是"读书"版；"育才哲思"的"娘家"是"教育"版；"强身健体"的"娘家"是"体育"版；"文明漫淡"的"娘家"是"文明"版；"理财哲思"

的"娘家"是"财富"版;"民风民俗"的"娘家"是"季风"版……浏览这些作品,身为这些作品的"娘家人"之一,就像看着一个个打扮得光鲜亮丽即将出嫁的女儿,我的内心充满欣慰和满足,成就感油然而生。其实,《三明日报》专副刊版的编辑这么多年地坚守,默默地为他人作嫁衣,为的就是把最好的精神食粮奉献给读者。同时,让作者从这些作品里成长起来、强大起来,深耕厚植三明文化沃土,以一种润物细无声的方式。

专辑分得细致,但在我看来,俞和江先生这本作品集从题材而言,可分为四个类型:读书、言论、民俗、理论。四大类中我最喜欢"悦读顿悟"这个专辑,汇集这么多年读书的感悟,于他本人而言是一个重新梳理的过程,于读者则是品味一个作者从阅读出发的思考结晶。

近年来,由于网络资讯冲击,越来越多的人正被诸如微信等网络碎片化阅读绑架,浅阅读的危害在削弱作家们文字的敏锐性。虽然国家层面上一直在推动全民阅读,但无须讳言,真正沉下心来阅读纸质书的人越来越少。当一位作家无法沉下心来看完一本书,却乐于从微信、抖音上,在摇晃的车上、推杯换盏的间隙间获取知识,这种从别人嚼过的馍复制的思考,廉价而格式化,实际上是穿别人的衣服,表面光鲜却不合身。阅读,只有真正沉浸式地阅读,以及通过阅读再出发的思考,才能构建起作家独具气质的文字建筑。

在俞和江先生的作品集中,我欣慰地看到他所读之书的厚度。他的持续纸上阅读,避免了网络碎片化阅读的危险,而从读书出发得到的感悟,无形中提升了思考的深度。俞和江先生很满意《用欣赏的眼光打量世界》一文,将此文用作书名。他在品读朱光潜先生的《谈美》时,领悟到"美的创造需要一定的天才和一定的灵感,而天才之所以成为天才,既需要良好的遗传和环境，也更需要后天的努力"，继而感叹"要努力寻求人生的情趣，情趣愈丰富，生活愈美满""学会用欣赏的眼光来打量世界"。在《苟利国家生死已》《我命由我不由天》里，我理解俞和江先生选择这两本书的用意，一个是"岂因祸福避趋之"，为国家民族兴亡挑战腐败大清王朝各种利益群体的虎门销烟民族英雄林则徐；一个是身处逆境不向命运低头，凭借顽强意志，缔造人生辉煌的聋盲作家海伦·凯勒。由此，激发作家对国家民族命运和个人命运的深层次思考，发人深省。

开卷有益。从阅读延伸出来的思考，让俞和江先生写作报纸言论时有比较扎实的根基，这正是他的言论不同于一般记者的地方。比方说《图钉的力量》，从央视《中国经济大讲堂》主讲人刘燕华提出的 T 型人才论出发，旁征博引，引伸出思考："我们的生活中，'图钉的力量原理'是普遍存在的……如果能围绕既定目标，广泛整合各种各样的人力、物力、智力，就很可能把事情做到极致。"文章言简意赅，却显示出报纸言论短小精悍、一针见血的特点。比方说《优秀是一种习惯》，作者从一次"偶尔骑车上班，但习惯走路上下班的我，一下班就径直步行回家，全然忘了将车骑回"这么一件小事，剖析习惯对于一个人的影响，继而得出"优秀是一种习惯"这个深刻的主题。甚至于在《果断止盈才能成为股市赢家》中，作者以猎人打猎、企业追货款和炒股三个简短故事，表述的不只是一种理财策略，更是一种人生境界。的确，于每个人而言，如果能有效戒贪，"像老彭那样果断止盈"，才能真正成为一个人生的赢家。

当然，比较最期待的是"民风民俗"这个部分，本集子里这部分作品却不多。可以看出，俞和江先生并没有把精力放在这个方向，只是把它作为写作计划中的一种调济，仅收纳了四篇多少有些流于表面的作品，这与他写作的强度相比微乎其微。我以为，这个部分值得他深耕。前面在"沙溪河流域文化岛"提及过，沙县是整个"文化岛"的文化引领，作为一种文化的始发地，沙县历史文化实际上至今没有得到真正意义上地挖掘。期待身为夏茂俞邦人的俞和江先生，今后能将文学触须探入沙县历史深处，相信他会有更多发现和收获。

如此，作为这些作品的"娘家人"，希望俞和江先生接下来能扩展其写作边界，将阅读出发的思考凝聚于笔端，让自己的文字走得更扎实更远。

是为序。

2024 年 1 月 8 日于文笔居

（绿笙，本名林域生，三明人。中国作家协会会员，福建省文联八届委员、福建省作家协会主席团委员、三明市作家协会主席。）

目 录
CONTENTS

第一辑　美之发现

第二辑　悦读顿悟

第三辑　育才哲思

第四辑　成长哲思

第五辑　强身健体

第六辑 文明漫谈

第七辑　理财哲思

第八辑　民间民俗

第九辑 我爱沙县

第一辑　美之发现

善于发现劳动之美

马克思有句名言："劳动创造了美。"高尔基也曾说："劳动是世界上一切欢乐和一切美好事情的源泉。"在今天，我们依然要善于发现劳动之美，让劳动的观念更加深入人心。

劳动之美，美在创造。劳动不仅创造了人类本身，创造了一切物质和精神财富，而且创造了一切美的事物。人类从刀耕火种到生产的现代化，从远古的草叶为衣到现在的各种时尚衣装，从"嫦娥奔月"的传说到"飞天梦"的实现……靠的是什么？靠的就是劳动创造。

劳动之美，美在实干。幸福不会从天而降，梦想不会自动成真。越是美好的未来，越需要付出艰辛的劳动。劳模精神、铁人精神、焦裕禄精神、特区精神、"两弹一星"精神、塞罕坝精神、工匠精神……这些精神，是引领人们向前奋进的精神动力。而实干，是这些精神的重要内涵。劳动筑梦，实干圆梦，美好生活的实现，更需要脚踏实地的劳动实干。

劳动之美，美在奉献。无论是城市"美容师"的清洁工、风雨无阻的外卖小哥，还是埋头于实验室的科学家、奋战在一线的医护工作者……他们都被称为"最美的人"。因为他们，城市更美丽，社会更进步，祖国更繁荣，人们更幸福。他们之美，美在"孺子牛"般为人民大众心甘情愿地劳动与付出。

劳动之美，美在匠心。当前，我们迫切需要高素质的劳动大军。对每一位劳动者而言，不论从事什么职业，都要有"执着专注、精益求精、追求卓越"的匠心。劳动之美，古今不变。我们要善于发现劳动之美，并乐于劳动，甘于创造。唯有劳动，才能将智慧化为实际，将理想化作现实。

（2021 年 2 月 1 日《三明日报》）

感受道德之美

我国是个崇尚道德的国度，既有"人无德不可立于世，国无德不可长治久安"之论断，更有许许多多广为流传的闪烁道德之美的典故和标杆。

在古代，有彰显团结友爱的孔融让梨典故，有彰显尊敬师长的程门立雪典故，有彰显重诺守信的一诺千金典故，也有传为美谈的廉洁自律的杨震拒金、诚信经商的赵柔卖犁、展现友谊的管鲍之交等典故。不仅有"鞠躬尽瘁，死而后已"的诸葛亮，更有"先天下之忧而忧，后天下之乐而乐"的范仲淹。

如今，一县、一市、一省乃至全国性评选的道德模范更是不断涌现。在我市，在我们身边就有助人为乐道德模范江华、邱菊珍，见义勇为道德模范苏文忠、林伟民，诚实守信道德模范张旺文、陈雪英，敬业奉献道德模范林上斗、黄秀泉，孝老爱亲道德模范蔡春宝、曹阳……

无论古今，都不乏用温暖善良底色，用奉献担当本色，身体力行演绎真、善、美的道德典型，他们向社会传递着向上向善的正能量。正是他们，立起一座座道德的丰碑，壮大着文明的力量。他们是我们的榜样标杆，他们的身上都闪烁着道德之美。

道德之美，是心灵之美、善良之美，是人格之美、担当之美。古人说"百行德为先"。人们从事任何行业或事情，美德都位居人之竞争力之首。在书法艺术上很有造诣的书法大家比比皆是，但能流芳百世的，唯有德艺双馨者。诸如书法"大家"的蔡京、严嵩等，有谁会将其作品挂于厅堂？因为作者自身的人格魅力、道德之美对作品的成败具有决定性的影响。人们欣赏艺术作品时，连同赏析作者的品性修养。有着道德之美的作者的艺术作品，才会产生特殊的美感和教育作用，进而广为流传。

感受道德之美，让我们感受到人格之力量、文明之力量！让我们得到激励，激励我们提升道德境界，开拓自身，丰富自身，进而更加纯洁，更加高尚，更富爱心，更富担当。

也许有人会说，闪烁着道德之美的人很伟大，很崇高，常人难以做到。其实，伟大、崇高来自平凡。践行"老吾老，以及人之老；幼吾幼，以及人之幼"古训；是人民公仆就努力做到忧国忧民，涵养"安得广厦千万间，大庇天下寒士俱欢颜"品格；践行道德之美，做到道德自觉，人前人后一个样，就如哲学家德谟克利特所言："要留心，即使当你独自一人时，也不要说坏话或做坏事，而要学得在你自己面前比在别人面前更知耻。"若此，你就为社会增添了一分文明的力量，在你身上就彰显了道德之美。

（2021 年 7 月 26 日《三明日报》）

体育运动之美

跳水健儿飞跃而起，空中转体，疾箭般地跃入碧波，美！体操健儿地毯上腾跃，时而凌空飞旋，时而平衡凝定，动作流畅而协调，美！举重运动员肌肉发达，勇猛雄劲，举起常人难以企及的负荷，美！

一种体态的张扬，一串流畅的动作，一霎间的惊人之举，都有令人惊叹之美。不论观赏体育运动还是参与其中，都能让人们在兴奋之余获得美的享受。

体育运动，人体上下肢协调配合，运动中大量的移动和跳跃，这一系列优雅大方的动作，让人感受到姿态之美。

体育运动，有的利于人们体形匀称、关节灵活，有的利于肌肉发达、剽悍健壮，有的利于手长腿长、身材高大。由此造就体型之美。

体育运动，运动员们表现出娴熟、快速、准确、流畅的动作，并与爆发力、耐力、灵敏等身体运动素质结合在一起，这是技术之美。

体育运动，比赛时既要考虑主观因素，又要根据对方的实力技术随时灵活改变"作战"方式，发挥克敌制胜的战术效能，这就产生了战术之美。

体育运动，民族不同、国家不同，人们都有其独特的气质和精神风貌。这种气质和精神风貌反映在运动员和教练员身上，就形成了不同的风格之美。

如今的体育运动之美更加精彩无限，成为人们获取美的享受的重要来源。在古汉语中，"美"字的本意是头戴羊角或羽毛的载歌载舞的人。这表明，美之根早就扎在我国古人的运动之中。在古希腊，没有经过健身场锻炼的人被看作是缺乏教养者，运动场上的胜利者还被塑成裸身雕像，安置在庄严的神殿里，当作最美的形象来欣赏。可见，古今中外，体育运动之美都被人们作为美的重要对象来欣赏。

如何才能畅享体育运动之美？笔者认为至少应做到两点。

一方面要观看体育赛事。体育运动竞技场是体育运动之美的创造场所，更是人们畅享体育运动之美的主要地方。只有观赛，你才能见到运动员你追我赶、奋力拼搏的精彩场面，才能强烈地感受到赛场上那独特的激情飞扬，才能真切地领略到体育运动的无穷魅力。没有观看体育赛事，如何能欣赏到体育运动之美？

另一方面要积极参与体育运动。体育运动有力量的比拼，有耐力的较量，有扣人心弦的精彩……只有参与其中，才能感受运动之美，体会运动快乐。

体育运动不仅能增强人们体质，还能造就精彩无限之美！

（2021 年 1 月 14 日《三明日报》）

漫话健美

人类对美的追求与生俱来，也与时俱进。随着生活水平的提高，人们不仅重视体质的增强，也注重体型的健美。

健美和健身有所不同。健身是健美的初级阶段，多数人做得到，它通过各种方式的体育锻炼，以提高内脏器官尤其是心血管系统的机能平衡，最终达到增强体质的目的。而健美则要求更高，不仅要达到健身的目的，还要运用各种器械和训练方法，达到肌肉发达、线条清晰、全身匀称、体型健美的目的。

健美运动早期萌芽在古希腊时代。古希腊人认为：健美人体是呼吸宽畅的胸部，灵活而强壮的脖子，虎背熊腰的躯干和块块隆起的肌肉。古希腊人通过体育运动来塑造强壮健美的体型，通过举办奥林匹克运动会来展示力量和人体之美。古希腊人对健美人体非常欣赏，并以绘画、雕塑等艺术形式来"记录"。著名雕塑《掷铁饼者》表现的就是健、力、美三结合的人体，表达的是对健康的崇拜和对美的追求。

健美运动在全世界的兴盛则是近百年的事情。国际健美运动创始人是德国人尤金·山道。山道童年时代体弱多病，常被蛮横同学欺辱。10岁那年，山道在罗马的美术馆中看到古希腊的雕塑，被深深吸引，并决心自己的身体也要"雕塑"得像古代角斗士。之后，山道勤奋苦练十几年，不仅练得肌肉完美，而且力大无比，可将几副摞在一起的扑克牌一扯为二，还可以同时和多个角斗家搏斗并获胜。1901 年他在"世界上首次健美大力士比赛"中登上冠军宝座。从此，他大力宣传健美运动，从健美表演到办学传授，再到写出健美专著，为健美运动在全世界的兴起立下汗马功劳。

健美运动在我国也越来越得到重视。中国健美运动之父赵竹光，1930 年创办了中国第一个健美组织，也是亚洲最早的健美组织——沪江大学健美会；1940 年 7 月还创办了第一本健美专刊《健力美》。1986 年中国举重协会成立分支机构健美运动委员会，1985 年中国加入国际健美联合会（IFBB）。中国健美协会举办有全国健美锦标赛、中国健身小姐大赛、全国健美俱乐部排位赛、沙滩健美暨健身风采大赛。省、市级健美运动赛事开展也颇频繁。健美项目还被列入中国大学体育统编教材。

如今，健美运动备受青睐，渐成时尚。生活水平的提高，全民健身计划的实施，健美运动的蓬勃开展，推动"拥有健美体型"成为人们特别是许多年轻人的时尚追求。在大小健身房，都可见到为"雕塑"健美体型而进行专门动作训练的男女青年身影。健美先生、健美女士展示的健美英姿为大众所称羡。

（2022 年 9 月 1 日《三明日报》）

第二辑

悦读顿悟

"学界泰斗"的秘诀

——读季羡林《坐拥书城意未足》

　　《坐拥书城意未足》是季羡林先生的作品集。本书收录的是关于先生读书、写作和治学的文章，表达了他对读书的意见和看法，以及其严谨治学的态度、深刻思考的科学研究作风。这些文章是季老用毕生功力总结出来的真知灼见。读《坐拥书城意未足》，仿佛增添了无穷的力量，似窥探到"学界泰斗"成就更好自己的秘诀。

　　"只有努力苦干、争分夺秒、不怕艰苦攀登的人，才能登上科学的高峰。努力胜于天才，刻苦超过灵感，这就是颠扑不破的真理。如果脑袋里总忘不掉什么八小时工作制，朝三暮四，松松垮垮，那就什么事情也做不成。"季老这么说，也是这么做的。"我搞了几十年的行政工作，在过去四十年中，至少有四分之一的时间泡在无穷无尽的会议中，消磨在花样繁多的社会活动中。但是，我仍坚持看书、写作，我是利用时间的边角料来从事这项工作的。"的确，就时间来说，季老每天不比任何人多一分一秒，时间并没有特别垂青季老，为什么他的知识那么丰富？为什么他能够著作等身？就在于季老善于利用"时间的边角料"和"八小时以外"。有人说："人的成功，差别在于八小时以外。"季羡林先生就是例证。

专一造就成功。苏轼曾说："不一则不专，不专则不能。"这里的"专一"不是指专门干一件事，而是指干事时的专一专注精神。季老在探索中发现文学（其中包括外国文学）和学术研究是自己的兴趣所在后，因为有了"抓住一个问题终生不放""如切如磋，如琢如磨"孜孜以求的专一治学精神，才能取得散文写作、学术研究等方面的卓越成就。这让我联想到不少同样因专一而成功的事例：因为跋山涉水，历经27个寒暑，三易其稿，才有了医学巨著《本草纲目》；没有历时十三年饱经磨难的专注，就没有被称为"史家之绝唱，无韵之离骚"的纪传体通史《史记》；能够培育出高产杂交水稻，是"杂交水稻之父"潜心十年研究的结果……季羡林等古今名人成功的事实一再证明：专一，以此态度求学，则真理可明；以此精神干事，则功业可成。

实践出真知，实战增本领。书中介绍，19世纪德国一位语言学家主张教学生外语，比如教学生游泳，首先就要把学生推下游泳池。具体办法是：尽快让学生自己阅读原文，同原文硬碰硬，要自己解决语法问题。只有实在解不通时，教授才加以辅导。这种让学生一开始就投入"实践实战"的办法，把学生的积极性完全调动起来，效果相当好。学外语如此，实际上很多事理都同此：要学打球，就要上到球场；要学开车，就要上路驾驭；要学写作，就要动笔勤练。季羡林精通十二国语言，还成为那么多"家"，有什么秘诀？笔者认为，其重要秘诀就是重在"实践实战"。

一口气读完《坐拥书城意未足》，真是一种享受。在"聆听""学界泰斗"季羡林先生的娓娓道来中，笔者收获了"升华"的喜悦。读《坐拥书城意未足》，好像找到一个"富矿"，意已足矣。

（2019年4月12日《三明日报》）

我命由我不由天

"在大学时我就常想：我努力求取知识，目的在于希望日后能灵活运用，为人类社会贡献一点力量。这世界上总会有一两件事适合我做，而且是只有我才能做的事情，可是，是什么事呢?""我暗下决心：只要是真正有益人类社会的事情，而又是我能做的，我都将全力以赴!"读着《假如给我三天光明》，我仿佛听到作者那铿锵有力的声音。

《假如给我三天光明》是20世纪美国著名聋盲女作家海伦·凯勒所写的一部"自传"体散文。海伦·凯勒19个月大时，因为发高烧，脑部受到伤害，不仅失明而且又聋。然而就在那黑暗而又寂寞的世界里，在老师安妮·莎莉文的帮助下，海伦·凯勒用顽强的毅力克服生理缺陷所造成的精神痛苦，自强不息。阅读《假如给我三天光明》，我不禁被海伦·凯勒那永不服输的坚强意志所折服。

海伦·凯勒不屈服于命运的安排，付出于常人几倍的努力，学习提高本领。她热爱生活，外出参观博物馆、游览名胜古迹，学会了骑马、下棋，学会了读书。凭借永不服输的坚强意志考入哈佛大学的拉德克里夫学院，成为世界上第一个完成大学教育的聋盲人。她掌握了英、法、德、拉丁、希腊等五种文字，成了一个知识渊博的人，写了14部作品。聋盲的海伦·凯勒创下了一个个"奇迹",美国《时代周刊》报道说:"海伦·凯勒堪称人类意志力的伟大偶像。"

海伦·凯勒虽双目失明,又聋,但她总是想着做些有益于人类社会的事情。她决心投身服务盲人的工作,为社会贡献自己的力量。但要唤起社会对盲人问题更多的舆论注意和支援,演讲是最好的方式。为此,永不服输的她又挑战自己,在安妮·莎莉文的帮助下,克服重重困难学习演讲表达技巧。海伦·凯勒正是以这种遇事不服输的精神品质,找到了这世界上"适合我做的事",并用行动证明"只要是真正有益人类社会的事情,而又是我能做的,我都将全力以赴"!由于她的努力,盲人问题不仅受到社会的关注,而且得到很大程度的解决。她因此赢得世界各国人民的赞扬,得到许多国家政府的嘉奖。

海伦·凯勒的人生经历充分证明,身体残疾并不可怕,残疾人只要意志坚强、努力学习,一样能闯出一方新天地。读着《假如给我三天光明》,不能不联想到"扼住命运的咽喉"的贝多芬,想到著名物理学家霍金,想到获得"八十年代新雷锋"和"当代保尔"赞誉的张海迪……海伦·凯勒、贝多芬、霍金、张海迪,他们一个共同的特点就是面对命运的不幸,敢于说"不",永不服输。他们以顽强意志有力抗争,成为真正的强者,由此事业获得巨大成功。正如陀思妥耶夫斯基所言:"只要有坚强的意志力,就自然而然地会有能耐、机灵和知识。"歌德所言:"意志坚强的人能把世界放在手中像泥一样任意揉捏。"海伦·凯勒等人所取得的辉煌成就令人叹服,他们面对命运不幸所表现出的坚强意志和积极的人生态度应该大力弘扬提倡,为人们所效仿。

我们健全人,每天一睁眼就能打量这个美丽的世界,方便地欣赏动听之歌、倾听暖心之语,相比海伦·凯勒,我们有条件做成功的事应该更多更多。对比永不服输的一生献给盲人福利和教育事业的海伦·凯勒，我们没有理由不积极努力工作，更没有理由对生活采取"懒洋洋"的态度。

"天行健，君子以自强不息。"生活本来就是一个奋斗过程，只有意志坚强而永不服输，以积极的态度高扬理想旗帜，始终保持人生的方向感，才有可能做到"我命由我不由天"。这就是阅读《假如给我三天光明》给我的重要启示！

（2019 年 2 月 22 日《三明日报》）

用欣赏的眼光打量世界

——读朱光潜《谈美》有感

《谈美》是著名美学家朱光潜先生的力作。书中开场白就解释了谈美的原因："要求人心净化，先要求人生美化。"朱光潜还谈道："假如你看过（本书）之后，看到一首诗、一幅画或是一片自然风景的时候，比以前感觉到较浓厚的趣味，懂得像什么样的经验才是美感的，然后再以美感的态度推到人生世相方面去，我的心愿就算达到了。"

为此，朱光潜先谈了美的欣赏，再谈美的创造，最后谈到艺术化的人生，也就是情趣化的人生。读《谈美》，不仅让人学会"寻美"，而且让人懂得美的创造；读《谈美》如饮醇浆，在轻啜慢咂中，让人品出"美"的理、趣、味；读《谈美》如醍醐灌顶，时有顿悟，让人学会用欣赏的眼光打量世界，进而"让人生过得更有情趣"。读完《谈美》，有些体会真让人感觉如鲠在喉，不吐不快。

"分想作用"在美的欣赏和美的创造中的作用格外重要。书中谈到，"'分想作用'就是把某一个意象（比如说鸦）和它相关的许多意象分开而单独提出来。这种分想作用是选择的基础。许多人不能创造艺术就是因为没有这副本领"。的确，雕刻家在一块顽石中雕出一座爱神来，画家在一片荒林中描出一幅风景来，都是在混乱的许多意象中把用得着的单独提出来，而造出一个完美的形象。我们写文章也是要通过"分想作用"把头脑中与文章主题有关的提取出来。假如不能做到这点，那么再美的事物也就像掺在砂中的金子，很难"为我所用"。先发挥"分想作用"而后才能有选择，而后才能在混沌之中寻到美，欣赏美，创造美。

美的创造需一定的天才和一定的灵感，而天才之所以成天才，既需良好的遗传和环境，更离不开后天的努力。书中谈道："遗传和环境对于人只是一个机会，一种本钱。""有些人天资颇高而成就平凡，他们好比有大本钱而没有做出大生意；也有些天资并不特异而成就则斐然可观，他们好比拿小本钱做出大生意。这中间的差别就在努力与不努力了。"的确，天才也需努力下苦功夫，才能见出天才的天资。天才科学家牛顿，如果没有长期的"耐苦"思索，苹果砸到他头上就不可能砸出"万有引力"定律。诗人杜甫如果没有平时"读书破万卷"的努力，就不可能有"下笔如有神"的灵感。音乐家贝多芬、聋盲女作家海伦·凯勒如果没有超于常人的努力，就不可能书写出精彩的"人生传奇"。没有努力，无谓浪费自己的潜质，就是少年天才，最后也只能是让人"伤仲永"，更谈不上美的创造。

要努力寻求人生的情趣，情趣愈丰富，生活愈美满。朱光潜说："人生的艺术化就是人生的情趣化。""艺术是情趣的活动，艺术的生活也就是情趣丰富的生活。""人可以分为两种，一种是情趣丰富的，对于许多事物都觉得有趣味，而且到处寻求享受这种趣味；一种是情趣干枯的，对于许多事物都觉得没趣味，也不去寻求趣味，只是终日拼命和蝇蛆在一起争温饱。"朱光潜称后者为俗人，前者就是艺术家。可见，俗人与艺术家的主要区别就在于是否"觉得有趣味"。而"觉得有趣味"实际就是欣赏。你是否知道生活，就看你对许多事物能否欣赏。如果我们学会用欣赏的眼光来打量世界，即便成不了艺术家，但能生活得富有情趣，生活中能够欣赏到一路美景，这本身就是件非常惬意的事情。正如朱光潜所说："在欣赏时，人和神仙一样自由，一样有福。"

　　读《谈美》，学会用欣赏的眼光来打量世界。

（2019 年 5 月 10 日《三明日报》）

苟利国家生死以

——读《林则徐为官之道》

林则徐为什么被称为中国近代史上第一清官？为什么成为世人敬仰的民族英雄？为什么成为放眼看世界的第一人？为什么能做到"无一事不尽心，无一事无良法"……一系列的疑问，读完邵纯先生的《林则徐为官之道》，有了更加清晰的答案。

《林则徐为官之道》分为：清贫的家世和为官的简历、中国近代史上的第一清官、民惟邦本的从政为官之道、无所不用其诚的实干精神、知人善任惟才是举的胸怀、虎门销烟铸造的民族英雄、近代大禹治水的特殊贡献、从经世致用到开眼看世界、外国人士对林则徐的评价"这九章。该书全面反映了林则徐的德与才，反映了其伟大与崇高。

始终如一的清正廉洁。书中谈到，林则徐始终如一的清正廉洁是他一生中全部政绩的道德基础。不到40岁的林则徐已任江苏布政使，此官职掌握一省的行政、人事、财政大权。在那年代，居要位，想要金钱美女易如反掌。然而，林则徐非但不认同这些龌龊的勾当，而且以查处贪赃枉法为己任。林则徐在答友人陈寿祺的一首五言诗里写道："有欲则刚无，此际伏病根。"这也道出了为官一切不正当的病根。私欲于心就不可能一身正气，就会导致不正当的名利，甚至不惜贪赃枉法，成为社会蛀虫。林则徐正是因为一生清正廉洁，进而"廉生威"，进而促成其各项工作都能更加顺利展开。的确，清正廉洁是一个为官者的道德基础，是提高干部素质的重要一环，是顺利开展工作的前提条件。为官如果没有做到清正廉洁，就很难树立威望，更别想干出好政绩，甚至还有可能才能愈大，危害性愈大。

始终如一的经世致用。深受鳌峰书院主持人郑光策经世致用的主张影响，林则徐与魏源、龚自珍等成为经世派的代表人物。经世派抛弃了腐儒的种种积习，思想上主张"经世致用"，就是读书、做学问、研究问题要联系实际，不尚空谈，要解决人世间存在的种种迫切问题；行动上主张"兴利除弊"，如发展生产、兴修水利、打击贪官污吏等。正是因为经世致用思想的指导，林则徐不把儒家思想当教条，不囿于千年的积习，敢于面对现实，善于独立思考。他懂得什么是潮流，他能顺潮流而思而动。他能辩证看待问题和处理问题，区别对待"良夷"和"奸夷"，对鸦片严禁，对正当的对外贸易不仅不反对，而且一再申明"正当贸易，利乐无穷"。正是经世致用思想的指导，让林则徐有了敏锐的目光和非凡的智慧，一生取得了多方面的建树与成就。

始终如一的实干精神。林则徐为官三十年，包括含冤流放的三年，时时处处都表现出实干精神。如，林则徐到江西、云南担任正、副乡试考官，心系人才选拔，心系考生前途命运，从出题、制卷到评阅和落卷，都一丝不苟，所写评语因人而异，没有一篇相同。又如，1825年，林则徐为母守制期间，洪泽湖堤坝决口，守制未终，就得按道光帝的旨意奔赴灾区治理水患，忠孝不能两全，怎么办？他以自己独特的忠孝和智慧，不穿官服，不用顶戴，身着素服，数月中奔波于风雨泥泞之中，呕心沥血，完成了使命。他的大义大孝，令人仰之弥高，实为楷模。可以说，林则徐的一生是实干的一生。他的每项成就和政绩都是实干的结果。空谈误国，实干兴邦。实干精神是作为一个好官员必备的素质。林则徐无所不用其诚的实干精神，是一个伟大的榜样。

始终如一，"以国家利益为重"。如果说清正廉洁、经世致用、实干精神是林则徐一生成就的道德基础和智慧缘由，那么"为官应以国家利益为重"是他终其一生的精神动力。一贯主张并力行严禁鸦片的林则徐被道光帝看中，1838年受命"禁毒"钦差大臣。林则徐虽知凶险，但早已将祸福荣辱置之度外，以"若鸦片一日不绝，本大臣一日不回，誓与此事相始终，断无中止之理"之决心，与"跟洋人鸦片走私商串通一气"的"汉奸内贼"，与商务总督义律等斗智斗勇、斗争到底，成为虎门销烟这一人类历史旷古未有壮举的组织者、指挥者和完成者，成为当之无愧的民族英雄。而后，林则徐因大功而获重罪遭流放，虽然经受千古奇冤，但他用行动践行"苟利国家生死以，岂因祸福避趋之"。为了国家利益，流放途中折回开封救灾，到了新疆，又极力协助伊犁将军布彦泰抓水利工作，身处逆境的林则徐照样以献身精神和治水才能，为国为民立大功。正因此，"苟利国家生死以，岂因祸福避趋之"——这两句诗不仅是林则徐为官之道的座右铭，而且成为中华民族爱国主义传统中极富感召力的号角！

读《林则徐为官之道》不仅能获得做人做事的智慧启迪，而且将被林则徐的崇高品格所感染、激励，争做勇于担当民族复兴大任的时代新人。

（2019年6月14日《三明日报》）

功名只向马上取

唐朝是一个强盛的王朝，但边患无穷，导致战事不断，于是许多志士仁人怀着对祖国的一片赤诚，心仪金戈铁马，情系壮美军旅，投笔从戎。《送李副使赴碛西官军》就是诗人岑参给好友李副使奔赴前线时的送别之作。

"火山六月应更热，赤亭道口行人绝。"诗以火山、赤亭起笔，火山与赤亭两个地名给人以炎热的感觉，营造出特殊的背景，烘托出李副使不畏艰苦、毅然应命前行的豪迈气概，一路珍重的送别之意也暗含其中。

"知君惯度祁连城，岂能愁见轮台月。"以"岂能"故作反问，暗示出李副使长期驰骋沙场，早已把乡愁置于脑后了，反映了李副使的积极进取精神。

"脱鞍暂入酒家垆，送君万里西击胡。"诗人岑参一改一般送别诗倾诉依依不舍之情，直接道出李副使此次西行"击胡"的使命，化惆怅为豪放。

最后两句"功名只向马上取，真是英雄一丈夫"。这两句诗既是岑参对临行好友的勉励——"请您在战场上英勇杀敌，在戎马沙场上求取功名吧！做一个有担当的男子汉大丈夫"。又是岑参自己的价值取向——男子汉大丈夫就要有担当，只有在战场上建功立业才是真正的男子汉。"只向"，语气恭敬而坚决。这两句诗语言豪迈健朗，将诗情推向高潮，英雄豪气使多少人为之激动振奋；这豪迈的气势传达出火一般的激情，给人以极大的鼓舞，成为千古名句。

读《送李副使赴碛西官军》，不禁让人联想到，无数三明优秀儿女为中国革命胜利英勇拼搏、前赴后继、浴血沙场，涌现出"洪基加入大刀会，闹起革命比金坚"；"肖二嫂拉响手榴弹，舍身救战友"；"李细纳子弹打光，坐上山崖视死如归"；"一门三烈士"等许许多多为革命而英勇杀敌、舍生忘死的故事。涌现出少年立下雄心志，英勇善战意志坚，身经百战威名扬，浴血战场建功业的张廷发、孔俊彪、张新华、张雍耿等四位将军。正是无数三明优秀儿女心怀"功名只向马上取"的豪情，胸怀中国革命"功成必定有我"的担当，为中国革命做出重大贡献和巨大牺牲，"山下山下，风展红旗如画"，成为三明革命历史的生动写照。

进入新时代，在实现中华民族伟大复兴的道路上，三明人在新的长征路上仍然需要弘扬"功名只向马上取"的精神，树立"功成必定有我"的担当。我们要牢记"为中国人民谋幸福，为中华民族谋复兴"的初心和使命，接过革命旗帜，传承红色基因，争做勇于担当民族复兴大任的时代新人，把革命先辈为之奋斗的伟大事业不断推向前进。

（2019 年 7 月 12 日《三明日报》）

优秀的思考是一种习惯

——读《思考的艺术》随感

思考能力可以通过思考练习和习惯养成获得提高，这是《思考的艺术》给出的观点。

《思考的艺术》是文森特·赖安·拉吉罗的最具代表性的畅销之作，被誉为批判性思维领域的"圣经"，是将创造性、批判性思维作为解决问题和争议唯一策略的最早读本之一。

本书分四个部分。第一部分是"了解思考"，帮助读者拓宽视野，成为一名审慎的读者；第二部分和第三部分是"要有创造性"和"要有批判性"，分别阐述怎样有效地产生和评价想法；第四部分是"沟通你的想法"，帮助读者更有说服力地向他人陈述想法。在每一章末尾，作者都设置了极具挑战性的练习题，方便读者边学边练，将学到的知识融会贯通。

读《思考的艺术》，让人茅塞顿开，时有顿悟。

思考是一门需要学习而且可以习得的艺术。思考是任何有助于明确阐述或解决问题、做出决定或满足求知欲的心理活动，是对答案的探索，对意义的寻求。思考的过程包括细致的观察、记忆、琢磨、想象、解释、评价和判断。思考是一个复杂的过程，需要不断地学习练习，才能掌握其中的要领。但是只要不断努力，养成思考的习惯，提高思考能力并非不可能，就如书中所述："其实很多事情乍一看根本不可能，但最终你还是做到了，比如走路、吃东西不漏食、游泳、击中棒球、开车。"

保持好奇心，提出问题，寻找挑战，是创造性思考的第一步。好奇心是人们与生俱来的一种特质，但许多人在成长过程中由于种种原因，好奇心逐渐减少，导致问题提不出，独立思考能力也大为减弱。创造性思考始于好奇心，我们要努力打破缺乏好奇心的习惯，需意识到好奇心也是可以后天养成的。正如书中所言："通过恰当的训练，任何人都能重获好奇心，就像萎缩的肌肉通过训练可以恢复一样。"

要学会批判性地阅读、倾听和观看，而不是不加思考地照单全收。书中谈到："与被动接受相反，批判性评价是对所读、所听、所见主动进行审慎的检验。这种评价的判断标准不是作者的观点与你的观点有多相近，而是作者是否准确合理。因此相比之下，对讯息进行批判性评价的人不容易被欺骗或操纵。""读书不思考就像吃东西不消化。"因此，我们要充分认识批判性思维的必要性，学会批判性思考，才能学有所用，不断改进生活和工作中的解决方案。

言行要基于事实的思考判断，合理判断还需不断拓宽视野。我们的思考推理，应当先检验证据再打定主意，而不是先有信念后找证据。我们的言行要基于事实的思考判断。同时，要不断拓宽我们的视野，视野狭窄将导致思维窄化。就如书中所举盲人摸象的例子，六个盲人只依靠自己的触觉来了解大象，摸到象身就认定大象像一堵墙，摸到鼻子就认定大象像条蛇，摸到尾巴就认定大象像条绳子……虽然他们心中都有了一幅清晰画像，但都因基于有限的事实感知，于是都错了。我们只有不断地拓宽视野，才不会一叶障目，才能做出更加合理的推断。

灵感从来就不是凭空而来的，而是深思后的顿悟。在想法产生过程中，最激动人心的体验就是顿悟的出现了。这个事实导致人们产生误解，以为顿悟的发生不需要付出努力。事实上，顿悟从来不会凭空而来，它只会发生在剧烈思考活动之后的休闲中。权威理论认为，在休闲时显意识把问题交给了潜意识，后者继续之前的努力，才能够产生顿悟。阿基米德正是基于之前的冥思苦想，坐进装满水的浴缸，看见水溢出时，才能顿悟出浮力原理。如果牛顿没有之前研究思考，一棵苹果掉下来砸在其头上，怎么可能砸出震惊世界的"万有引力"？1% 的灵感来自 99% 的思考努力。

　　生活和工作中养成创造性、批判性思考的习惯非常重要。史蒂芬·威廉·霍金虽然因身患运动神经细胞病而重度残疾，但从没停止创造性、批判性思考，才能成为继爱因斯坦之后世界上最著名的科学思想家和最杰出的理论物理学家。马克思如果没有对黑格尔、傅立叶、圣西门等人思想成果的批判性继承，没有创造性思考，那么《资本论》也许就很难这么快完成。创造性、批判性思考对伟人成就"大事"非常重要，对于我们常人照样如此。为什么网信诈骗总有或多或少的人上当"中招"？关键就是少数当事人太少思考推敲，缺乏批判性思维。受骗人懒于思考，不是自己拿主意，而是让所谓的"广告商""推销员"等替他们做主，他们行为不是基于自己独立思考后的判断，而是别人鼓动的结果，于是轻信，于是掉进骗子设下的陷阱。

　　让我们养成创造性、批判性思维的习惯，努力成为一个优秀的思考者！

　　　　　　　　　　　（2020 年 2 月 5 日摘要刊登《三明日报》）

一只"鹅"缘何咏千年?

鹅,鹅,鹅,

曲项向天歌。

白毛浮绿水,

红掌拨清波。

这是"初唐四杰"骆宾王七岁时写的《咏鹅》,一千多年来,几乎成了中国的父母们给孩子的必读诗。

分析个中原因,笔者认为,一首诗或一句诗要让人喜欢并久远传咏,做到平民化、接地气是关键。

《咏鹅》第一句"鹅,鹅,鹅"的迭声,仿佛是孩子们看见白鹅时的连叫声"鹅!白鹅!大白鹅",第二句"曲项向天歌"写出了白鹅活泼似唱的动态之美,后两句"白毛浮绿水,红掌拨清波"中白、绿、红几种颜色跃在眼前。这首诗就像一幅有声有色的动态画作,同时又没有一句深奥的话,通俗易懂易记,非常接地气。我想这就是《咏鹅》为百姓所喜欢、牢记并传咏千年的重要原因吧。

类似的还有李白的《静夜思》:"床前明月光,疑是地上霜。举头望明月,低头思故乡";李绅的《悯农二首·其二》:"锄禾日当午,汗滴禾下土。谁知盘中餐,粒粒皆辛苦?"也是与《咏鹅》一样，读来朗朗上口，画面感强，是老百姓生活、劳动场景的再现，又富哲理，哪个读了都会喜欢，因此传咏千年也就不足为奇了。

讲诗歌的平民化、接地气，不能不让人想到打油诗。相传唐代一个叫张打油的普通人诗写得特别风趣，他写的一首《雪诗》云："江上一笼统，井上黑窟窿。黄狗身上白，白狗身上肿。"此诗描写雪景，由全貌而及特写，由颜色而及神态。通篇写雪，但不着一"雪"字，而雪的形神却跃然眼前。张打油创造的诗体讲顺口和押韵，但不太讲究格律，便于老百姓学习和口耳相传。

相传，宋代广东有一为夫送饭的老妇，面对苏东坡"蓬发星星两乳乌，朝朝送饭去寻夫"的诗句戏弄，应对自如，反唇相讥，出口成诗："是非只为多开口，记否朝廷贬汝无？"显然，老妇人这两句打油诗是针对苏东坡坎坷的人生，揭了诗人的老底、疮疤，戳到了他的痛处。苏东坡和老妇人的打油诗，遣词造句都十分贴切、诙谐幽默、生动传神。

可以说，数百年来，打油诗成为民间文化的一朵奇葩。张打油开创了一种崭新的打油诗体，成为这种诗体的鼻祖，后人以他的名字来命名这种诗体，名垂千古。可算是诗歌创作因平民化、接地气而创下的奇迹吧。

平民化、接地气，这样的诗最有生命力。七岁骆宾王和普通人张打油的胜出就是例证。

（2020 年 5 月 15 日《三明日报》）

大众的思想武器

"这是一本通俗的哲学著作，我敢说是可能普遍地作我们全国大众读者们的指南针，拿它去认识世界和改变世界。"这是李公朴先生对艾思奇《大众哲学》一书的评价。

《大众哲学》是艾思奇同志在 20 世纪 30 年代为通俗地宣传马克思主义哲学而写的，至 1948 年 12 月，就印行了 32 版。数以万计的读者由于本书的影响，接受了马克思主义思想，走上了中国共产党所领导的革命道路。

《大众哲学》为什么自出版以来一版再版，影响和教育了几代人，成为大众的思想武器，至今仍有其理论和现实的价值？最近，笔者阅读此书，有几点感想试与大家分享。

"高起低落"是《大众哲学》产生巨大影响的重要原因。"高起低落"就是说文章内在的思想水准已经很高，但是照顾到大众的接受能力，而采用了大众能接受的方式，做到深入浅出，专家学者看了不觉为浅，工人、农民读来不觉为深。"给人一瓢水自己必须先有一桶水。"艾思奇 1927 年和 1930 年两次到日本留学，不仅积极参加了中共东京支部组织的"社会主义学习小组"的活动，而且刻苦研读了许多马列主义经典著作，逐步掌握了马克思主义世界观和人生观的真理。他为了适应中国革命斗争和群众的需要，以满腔热情投入研究和宣传马克思主义哲学的工作，写出了《大众哲学》（原书名《哲学讲话》）。艾思奇正是因为先有了深厚的理论功底和丰富的实践经验这"一桶水"，才能"给人一瓢水"。在写《大众哲学》时，做到"高起低落"——把马克思主义深奥的理论学说用中国老百姓看得懂的语言表述出来，使大众读者不必费很大的气力就能够接受，进而产生巨大影响。

善用比喻阐述道理，是让大众理解深奥哲学道理的有效手段。《大众哲学》从"哲学是什么"到"唯心论、二元论和唯物论"，到"辩证法唯物论的认识论"，到"唯物辩证法的基本规律"，再到"唯物辩证法的几个范畴"，要讲的内容可谓深奥。艾思奇讲这些精深道理时，都采用了比喻的说法开头，如讲"主观唯心论和客观唯心论"时，用"一块招牌上的种种花样"做比喻；讲"反映论"时，用"照相"打比喻；讲"事物的普遍的有机联系的规律"时，用"无风不起浪"作比方；讲"质和量互相转变的规律"时，用"雷峰塔的倒塌"打比方……用比喻阐述道理，形象生动，使抽象的理论具体化，深奥的道理变得深入浅出，便于大众接受。正因为艾思奇出神入化地运用了比喻这一修辞手法，使深刻的哲理寓于生动的事例之中，让大众易学易懂。

善用理论解释现实疑惑，才能让群众"拿它去认识世界和改变世界"。如书中指出，要利用"否定之否定"规律指导革命，就是在研究问题时要注意事物发展的曲折性，要善于引导人民航行在曲折的航道上，看清楚各种暗礁和避开这些暗礁，当暂退则暂退，当转弯则转弯，不盲目直冲，以致遭受挫折失败。接着联系实际举例："在敌人强大武装进攻面前，就要暂时放弃一些城市和土地，以避免锋芒，争取在有利条件下的运动战中歼灭其有生力量，然后才可以再恢复失去的城市和土地。如果不肯走这迂回的道路，想用一股直劲打退敌人，结果不但得不到胜利，反而要吃很大的亏。"在生动的答疑解惑中，人们明白了"否定之否定"规律及其现实指导意义。哲学的生命力在于解决现实课题，不断创造性地回答时代课题也是哲学发展的动力。《大众哲学》正是直接从世界观和方法论的高度关注现实、研究现实、概括现实、回答现实，从而影响一代又一代人，成为大众的思想武器，让群众"拿它去认识世界和改变世界"。

（2020 年 8 月 21 日《三明日报》）

读书贵在生疑

古人云："学起于思，思源于疑。"不论是张载的"在可疑而不疑者，不曾学，学则须疑"，还是张陆的"为学患无疑，疑则有进"，或是朱熹的"读书无疑者，须教其有疑；有疑者，须教无疑，到这里方是长进"，都说明：读书要有长进，贵在生疑。

生疑要勇于"求真"。读书生疑，应该如亚里士多德所言"吾爱吾师，吾更爱真理"。如韩愈所言"是故无贵无贱，无长无少，道之所存，师之所存也"。要勇于生疑探索，勇于求真，不唯"权威"，只唯"道之所存"。有一次，苏格拉底手托蜡苹果让每一名学生评说自己闻到什么味道，在几乎回答"闻到苹果香味"情况下，柏拉图敢于说："我什么味都没有闻到。"柏拉图为什么能够成为苏格拉底最有成就的学生，重要原因是他读书学习做到不迷信权威，不随波逐流，而是独立思考，只唯"道"，只唯"真"。

生疑要敢于"批判"。"批判"不是贬义词。敢于"批判"，就是说我们读书学习时，要用批判性思维大胆质疑，不懈追问，用自己的眼睛"看"书中所写，用理性的精神对待书中知识。明代著名地理学家徐霞客为什么能够"做出了金沙江是长江上源的新结论，比史书上的传统说法进了一步"？就是因为他阅读《禹贡》一书时，做到批判性思考，对书中"岷山导江"（岷山是长江的发源地）的说法敢于提出质疑，跳出传统习惯理解，并实地考察求证。读书过程中敢于生疑"批判"，自己多尝试用逻辑论证事理，而不是"照单全收"，才能做到去粗存精，去伪存真，接近真理。

生疑才能生"灼见"。比如，俗语"勤奋出天才"，如果生疑追问，那就会明白："勤奋出天才"是说天才们都是勤奋的，勤奋是成为天才的必要条件。倘若不生疑追问，认为只要勤奋就可成天才，那就犯了逻辑错误。因为勤奋只是成为天才的诸多必要条件之一，而不是充分条件。又如成语"班门弄斧"，意指在内行人面前卖弄本领。如果生疑追问，那就会明白：若是抱着展技能求指导的态度，"班门弄斧"则成为很好的学习机会。就像华罗庚的"灼见"："下棋找高手，弄斧到班门，这是我一生的主张。"因此说，读书做到生疑，才能更加全面、辩证、准确地理解消化书本知识，进而生成自己的"灼见"。

生疑要养成"习惯"。读书学习中养成生疑的习惯非常重要。只有习惯生疑，才有可能站在"巨人的肩膀上"更上一层楼。马克思在学习黑格尔、傅立叶、圣西门等人的著作时，如果没有养成生疑的思考习惯，怎么可能"青出于蓝而胜于蓝"，而写出科学的《资本论》？科学家爱因斯坦如果不是一生对读书始终兴趣十足，并且总是带着疑问读书，怎么可能取得辉煌成就？生疑是提出问题、解决问题的基础。读书过程中养成生疑习惯，才能更好地将书本"精华"化为自身"血肉"，而不断有所长进。正如大学问家陈献章所说："前辈学贵有疑，小疑则小进，大疑则大进。"

（2021 年 5 月 7 日《三明日报》）

一本给人带来力量的好书

由中央宣传部组织、中央党史和文献研究院等单位编写的《中国共产党简史》读本，是党史学习教育四本"指定书目"之一。全书共 10 章，70 节，约 28 万字，充分吸收了党史研究最新成果，以史论结合的形式，重点叙述和评价重大历史事件和重要历史人物、重大方针政策和重要战略部署、重大理论创新成果及其发展历程。

读《中国共产党简史》不仅能让我们明白中国共产党为什么"能"、马克思主义为什么"行"、中国特色社会主义为什么"好"的道理，而且能给我们带来奋进的力量。

《中国共产党简史》集中彰显了百年来我们党淬炼锻造的精神谱系。百年来，我们党高擎民族精神火炬，淬炼锻造了红船精神、井冈山精神、特区精神、长征精神、延安精神、西柏坡精神、抗美援朝精神、雷锋精神、焦裕禄精神、孔繁森精神、"两弹一星"精神、抗洪精神、抗震救灾精神、抗疫精神……《中国共产党简史》在叙述这些无可辩驳的事实过程中，展现了人民群众在党的领导下艰苦奋斗的历史，锻造出了这一系列的伟大精神。这一系列精神构成一条奔腾不息的精神大河，赓续民族之魂，绽放时代光芒，深深融入中华民族的血脉中。

《中国共产党简史》里还有共产党员用行动诠释初心的生动

而感人的事例。1927 年 4 月，不幸被捕的中国共产党创始人之一——李大钊，与敌人英勇斗争，严守党的秘密，竭力掩护和解救同时被捕的同志，面对敌人的绞刑架，从容就义，表现出共产党人对初心使命的顽强坚守，对党事业的无比忠诚，树立起理想信念坚定的标杆。夏明翰身陷牢狱坚贞不屈，他以"砍头不要紧，只要主义真"的铮铮誓言，生动表达了共产党员的理想之光不灭、信念之光不灭……读《中国共产党简史》，我们还了解到各个时期涌现出的无数英雄，有在抗日中的"狼牙山五壮士"、赵尚志、彭雪枫等，有在抗美援朝保家卫国中"最可爱的人"杨根思、邱少云、罗盛教等，还有王进喜、雷锋、谷文昌、焦裕禄、孔繁森、钟南山……读《中国共产党简史》，我们将被无数为中华民族谋复兴，为人民谋幸福的共产党员的先进事迹所感动。

人无精神则不立。读《中国共产党简史》，让我们通过学习筑牢信仰之基，补足精神之钙，把稳思想之舵。读《中国共产党简史》，让我们从百年党史中汲取奋进的力量，使我们更好地赓续百年党史中锻造出的一系列伟大精神，像英雄们一样用行动诠释了"党和人民的利益高于一切"的真谛。《中国共产党简史》是一本学史明理、学史增信、学史崇德、学史力行的好教材，是一本给人带来力量的好书。

（2021 年 7 月 9 日《三明日报》）

拥有一双审美慧眼

法国雕塑艺术家罗丹说："世界并不缺少美，而是缺少一双发现美的眼睛。"那么，如何才能拥有一双慧眼，提高审美力？读《审美力》，我从中得到很好的启发。

《审美力》是著名画家吴冠中先生写给大众的美学启蒙书，精选 50 篇他历年来散见于报刊的关于艺术与审美的散文随笔和世情文章。第一部分"美之力"，内含先生关于艺术与审美的文论 23 篇；第二部分"画外小品"，内含先生散文与随笔 16 篇；第三部分"念往昔"，内含先生写生时的所思所想 11 篇。

读《审美力》，可以深刻了解到学贯中西的吴冠中先生在绘画艺术方面的探索和贡献。吴冠中先生一生都在进行水墨画与油画相融合的探索，他借用西方的绘画观念和方法改革中国水墨画，以中国传统的写意来改造油画。他曾说："对我来讲，油画和水墨画都一样，都是为了探索一条自己的道路，我的绘画道路是油画——水墨油画——水墨不断循环往前走，在交叉中找到他们的优点。"由此，他的绘画作品有三个鲜明的特点：独特的绘画语言、中西结合的内容、极强的形式感。吴冠中先生通过探索和实践而形成的独特鲜明的艺术风格在中国艺术领域产生了积极深远的影响，他的美学思想带给国内外学术研究者和艺术家们深深的思考与启迪。

　　吴冠中先生在《审美力》一书中大量分析凡·高、夏凡纳、李可染、林风眠、吴大羽等许多名家的作品，让我们在赏析凡·高《向日葵》系列作品时，感受热情激烈、勾人魂魄的艺术魅力；让我们在赏析《峨眉秋色》《万山红遍》《杏花春雨江南》《牧归图》等名画过程中，了解李可染画作的独创形式，感受其独特意境之美……读《审美力》，我们将从许多具体的例子中获得启示，提高对绘画艺术的审美力。

　　关于美盲问题，吴冠中先生谈到在农村时，他作了画都会给房东大娘大嫂们看，如果她们看了觉得莫名其妙，说："咱没文化，懂不了。"他心里就很不是滋味！有时她们看了，说"画得真像，真好"。得到赞扬，但他心里还是很不舒服。当她们反映强烈："这多美呀！"他这才开心。因为在"像"与"美"的评价中，可以体会到她们朴素的审美力。他说："文盲与美盲不是一回事，二者间不能画等号，识字的非文盲中倒往往有不少不分美丑的美盲！"

　　这不禁让人联想到一则新闻，报道某石窟佛像修补前后的对比。修补前的佛像神态悲悯安详，整体造型兼具唐代之浑厚和宋代之精美，端庄肃穆的佛像仿若从石中生长出人体和五官，有超自然美感。而修补后的佛像颜色奇怪，没有了刻线的流动，失去了巨石材质厚重与坚硬的质感，自然美感荡然无存。据说，这是信众们自发筹钱做的佛像修补。虽然这些修补佛像的人出发点是维护文物，他们有钱、有文化、有心意、有保护文物的热情。但是，因为缺少了对艺术的审美力，导致"好心办坏事"，反而对文物造成破坏。我想，这正验证了吴冠中先生在《审美力》中的感叹："文盲不可怕，美盲才可怕！"

　　那么，如何提高审美力？吴冠中先生说："人民审美力的提高主要靠艺术品的熏陶。熏陶，是经常性的潜移默化，非速成班所能奏效。""今日国家已重视美育教学，但美育教学只在课室里进行还不够，还必须看，眼见为实，要到美术博物馆看作品、珍品。"他还说，中华民族的骄傲，一个重要方面就在于我们祖先创造了丰富的文化艺术。因此，他主张要多建博物馆，在博物馆中开辟藏家陈列专室。

艺术是相通的。吴冠中先生的《审美力》虽然多是从绘画艺术方面阐述审美力，但对其他艺术审美力的提高也有许多借鉴之处。品读《审美力》能让我们得到一双审美慧眼，从而更善于发现美、创造美。

（2021 年 8 月 24 日《三明日报》）

旅行即修行

知名作家廖和敏说："旅游也有灵魂，有了灵魂的旅游才有生命力，旅游不只是在底片和信用卡留下证据，更重要的是在心上画下心痕。"她始终以"把旅途中的见闻吸纳为生活养分"作为旅游的最大动机，把旅程中激发出的灵感收录成一篇篇文字，集腋成裘形成了《旅行心发现》。《旅行心发现》不在歌颂旅游地的风光，不在刻画异域文化的多彩多姿，反映的是廖和敏的旅游心痕，道出的是旅行即修行的心得。

读《旅行心发现》，不断触动着我的心，也给了我许多"新"启发。

旅行不设限，才能体验异地文化。廖和敏说，人的身体到了异地，但如果心还留在家里，仍用原来的习惯要求导游等，就有可能导致许多不愉快。其实"出来玩本来就是想看看别人的生活方式，如果要求过原来的生活方式，那又何必去外国呢？"如果心情不改，观点不换，那么出游就很难获得美好心情。要愉快地体验异地文化，就要放弃依附于自己身上的"本位观"，旅行不设限。

出游结果与旅者动机密切相关。如果是以发掘有趣的异地文化为目的，出游一亲芳泽，探个究竟，那么就可能带着开心去，带着"惊艳"归；如果是为逃开眼前之烦恼事而出游，那么旅行过程就可能"心事重重"，归来后问题也不一定能解决。廖和敏说："开心的人出去，看什么都顺眼，开心回来的几率较大，可能有心事的人出游，不一定开心归来，因为事情不会因逃开而解决，旅游不是解决问题的答案，只是'跳开'去想问题解决问题的管道。"因此，旅行目的是什么？出游之前问问自己，就能更清楚期盼的旅游结果。

要建构你自己的旅游世界。旅行"就像看悬疑小说，最恨还没看完时就有人多嘴地告知结局，那真是扫兴极了"。看悬疑小说重点不在结局，而在抽丝剥茧过程中的较劲。"旅行也是一样，是去找出自己和异地文化的对话心得，去发现别人没有看到的部分，去建构自己的旅游观点，而不只是去验证别人的旅游心得。"因此，作者主张出游之前，不要过多问去过的人，看太多参考书，否则建构的是别人的旅游世界，失去的是自己的想象空间。甚至还有可能去前"堆砌了七尺高的期盼"，去后落差很大，还怪作家描述太好，怪摄影家拍得太美。

拒绝描红式旅行是一个跟着灵感画画的创作型旅者应有的态度。"旅行时只依着指南和前人信息去游，就像是把自己画好图案的虚线连起来，顶多就是依着自己喜好着色罢了。这种没生命的描红，久而久之一定没法满足一心想要跟着灵感画画的创作型旅者。"拒绝描红，一个创作型旅者才能在探访一个城市的时候，从各种角度观察这个城市的隐性性格，从城市散发的临场魅力探索它的内在特质。拒绝描红，旅行才不会变成匆匆式的"占有"，而可能成为投入式的"拥有"。拒绝描红，才有可能在旅行中"惊艳"不断。

旅行的见闻感触还有可能改变旅者的日后生涯。廖和敏在一次旅行中听邻座说，他在菲律宾住了一年，正要回美国工作。他的策略是在美国工作半年，到菲律宾住上一年，美国赚的钱多，菲律宾生活费低，辛苦一段时间，再舒服过段好日子。这种做法，让廖和敏重新调整日后的生涯：不绝对退休，也不绝对工作，而是把生活和工作做一种调和的分配。

旅游书籍已逐渐发展成为一类独立书种，从感性的个人经验到知性的旅游资讯提供，再到悟性的个人成长，旅游书反映了不同旅游面向和旅者需求。如果把旅行当成一个寻找自我和提升自我的修行路径，那就不妨读读《旅行心发现》，你将获得许多别样的"新"启发。

（2021 年 11 月 19 日《三明日报》）

神奇的第一步

可以说，第一步是神奇的一步。

有一则故事，说的是有一男子想动员大家一起跳舞健身，费尽口舌却不见成效。一天，他在一个露天场所一个人跟着音乐疯狂地跳起来，吸引了众多人的目光。仅过了几秒钟，另一个男人加入进来，于是就有两个人了。再过几秒钟，又有一个人加入进来。当人数达到大约 10 个时，一大群人冲进来加入他们的队伍。就这样，几十个人很投入地跳着舞，场面相当壮观。

这个男子为什么能达成"动员大家一起跳舞健身"目标？主要的原因就是他首先迈出关键第一步，带了个好头。

这则故事清晰地说明第一步的神奇作用。其实后面加入的人，大多心里也藏着个跳舞健身的想法，只是因为害羞、害怕而不敢行动。有了第一个人带头迈出第一步，行动起来了，由此也就消除了大家的心理障碍。

迈出第一步本身就是一种成功标志。因为迈出第一步说明已不再止步于计划、梦想，意味着至少初步克服了害怕失败、被人笑话等心理障碍，标志着心中的想法已变为勇往直前的行动。从哲学角度说，已有了质的飞跃。

成功迈出第一步，继而就有可能从成功走向成功。成功迈出第一步，也就跨过了"万事开头难"这道最难的坎，不仅给自己带来成功的喜悦，也会让自己变得更为努力、自信，继而更加轻松地继续第二步、第三步……《微习惯：简单到不可能失败的自我管理法则》的作者斯蒂芬·盖斯有一句名言："成功者比沮丧者更努力，是因为他们已经成功了。之前的成功，不仅为接下来的成功提供了经验，还提供了自信。"此语说的就是这个道理。

斯蒂芬·盖斯就是一个从成功走向成功的典型。他从2012年底开始培养"每天挑战一个俯卧撑"的微习惯，随后又增加了"每天至少写50个字、至少阅读两页书"内容。自从成功迈出第一步——做了那一个神奇的俯卧撑后，短短两年，他的生活发生了惊人变化，不仅拥有梦想中的健壮体格，而且所写的文章是过去的四倍，所读的书是过去的十倍。

我们每个人心中都有梦想，为什么大多没能实现？很大原因在于不敢迈出第一步。想追求心爱的人，还没开口表达就担心被拒绝，想做成某项事业，还没开始行动就担心失败或怕被人误解"有野心"。也许有人会借口现在条件还不具备，其实，等到万事俱备再行动，或许已时过境迁，机会不再。因此，我们必须"莫等闲"，有了梦想就要勇敢迈出第一步。只有开始行动了，才会发现你自己原来是多么势不可挡，就像"动员大家一起跳舞健身"的男子，就像斯蒂芬·盖斯。

让我们记住法国作家安德烈·纪德名言："如果没有勇气远离海岸线，长时间在海上孤寂地漂流，那么你绝不可能发现新大陆。"

让我们记住《微习惯：简单到不可能失败的自我管理法则》一书里的金句："每一个伟大的成就都建立在之前打好的基础之上。追根溯源，你会发现一切都始于那一小步。"

想改变人生，那你就先迈出第一步；想实现梦想，那你就先迈出第一步。

（2022年3月11日《三明日报》）

领略文艺创作的真谛

文艺创作有什么门道？这是每个拿笔杆子的人最渴望得到的答案。《艺海拾贝》就是为解决这疑问而写的文艺理论读本。

《艺海拾贝》是秦牧的代表作之一。这部书"寓理论于闲话趣谈之中"，以随笔形式阐述对文艺问题的见解，包含谈论文学艺术的创作手法，作家及艺术家的生活积累、思想特色、艺术风格等文艺理论上的重要知识。书中文章从具体事例出发，引古喻今，深入浅出，涉笔成趣，让读者在美的享受之中领略到文艺创作的真谛，获得有益的知识。

秦牧说，世界万物都有它的核心。小到细胞、果子，大到地球，甚至太阳系，都有它的核心。文学作品的核心就是思想。磁石能够把周围的铁吸引过来，思想则能够从丰富的生活中摄取题材，提炼题材。秦牧认为，提高作品的思想水平，得以先进的思想贯穿于整篇作品之中，"用一根思想的线去串起生活的珍珠"。作者的思想水平达到一定高度，才能够识英雄、重英雄，了解英雄人物的内心世界。否则，有可能英雄人物在面前却不识，或"面目模糊"。人物的精彩语言往往反映思想的高度。王铁人由于有为社会主义事业做出贡献铁的决心，才会讲出"有条件要上，没有条件，创造条件也要上"那样的语言；具有高度社会主义觉悟的农民，才会吟出"胸中有了大目标，千斤重担不弯腰"那样的诗歌。

生活知识的积累对文艺创作的重要作用，秦牧对此做了深刻的论述。他在《蜜蜂的赞美》一文中说："不广泛地吸收，是谈不到博大精深的。一条大河总得容纳无数的小溪、小涧的流水，一座海拔几千米的高山总得以一个高原作为它的基座。小小的水源，最多只能形成一个湖沼；荡荡平川，也不会有什么戴着冰雪帽子的高峰。"秦牧在《跋》中提道："缺乏生活知识，任何有艺术技巧的人也都如巧妇难为无米之炊，什么形象、概括、虚构、想象，都只好'停工待料'。不放入任何东西的真空瓶子里还有什么化学变化可谈呢！"

当然，《艺海拾贝》更多篇章是谈艺术创作技巧。

秦牧主张"以辩证唯物主义的观点来体验、观察、研究、分析事物""应该自觉地在艺术创造上掌握运用辩证规律"。他写了专章《辩证规律在艺术创造上的运用》，论述了要辩证处理好直接知识与间接知识的关系、艺术的真实和生活的真实之间的关系、新鲜的口语和书面语的关系、细腻与粗犷的关系、一般与特殊的关系……他举例讲，齐白石老人不少画作画那些莲叶、树丛，大抵是像泼墨似的，粗犷豪放；而画蝉、蚱蜢、螳螂，则用工笔，画得极精细，纤细的触须、翅膀上的脉纹、虫脚上的"钩齿"都历历可辨。这就是齐白石艺术巧妙地、辩证地处理好细腻与粗犷的典型例子。

对于如何增加文笔情趣秦牧谈得较详细。他说，可以让文章情趣横生的条件有很多：栩栩如生、奕奕传神的形象刻画，概括、集中、强烈手法，亲切的肺腑之言、流露作者个性的独特语言、强烈的抒情、智慧横溢的警句、卓越美妙的比喻，幽默和文采，等等。单是文采方面又细化地谈到，以丰富的词汇、生动的口语、铿锵的音节、适当的偶句、色彩鲜明的描绘、精彩的叠句……一系列的配合来增加了文笔的情趣。为什么人们看优秀文学作品就废寝忘食、如醉如痴？富有情趣的语言技巧是一个重要的原因。

譬喻修辞的运用，是秦牧特别重视的。秦牧写了专文《譬喻之花》。他写道："文学被人称为'语言的艺术'，文学作品里的譬喻，我想简直可以叫作'语言艺术中的艺术'。""精警的譬喻真是美妙！它一出现，往往使人精神为之一振。它具有一种奇特的力量，可以使事物突然清晰起来，复杂的道理突然简洁明了起来，而且形象生动，耐人寻味。"他还谈了譬喻之妙："美妙的譬喻简直像是一朵朵色彩瑰丽的花，照耀着文学。它又像是童话中的魔棒，碰到哪儿，哪儿就产生奇特的变化。它也像是一种什么化学药剂，把它投进浊水里面，顷刻之间，一切杂质都沉淀了，水也澄清了。"

许多文学理论文章往往很概括，很抽象，读来令人生畏，而《艺海拾贝》谈文学理论，却让人在快乐的阅读中明白"深奥"的事理。为什么？因为《艺海拾贝》谈理论大抵从一些具体事物出发。例如，从鲜花百态，各有妙处谈到艺术风格多种多样的可贵；从仿真之作的工艺品未能博得人们最大的喜爱谈到自然主义的局限性；从艺术上一些相反相成的习惯手法谈到辩证规律有意识地运用……一系列论述中都使用了譬喻修辞，以此丰富人们的联想，使道理和事物生动鲜明起来。也让人领略到作者妙语如珠的语言魅力。

秦牧说："只有思想、生活知识、艺术技巧这几个方面都达到相当水平，并且水乳交融地互相结合，才能产生真正的艺术。"秦牧在《艺海拾贝》中，不仅系统论述了这一"文学创作门道"，而且本身运用了这一"门道"。人们说，艾思奇通俗的哲学著作《大众哲学》可以"拿它去认识世界和改变世界"；我说，"寓理论于闲话趣谈之中"的《艺海拾贝》，可以拿它去认识和创造艺术世界。我想，这也是《艺海拾贝》当年销量过百万，如今又成为学生课外阅读经典推荐读本的重要原因吧。

（2023 年 4 月 23 日《三明日报》）

走进大秦

如果你想了解秦朝人的生活境况，或想知道统一天下的秦朝之兴亡，那么，就翻开《带你去看大秦朝》，书中有你要找的答案。

由李世化编著的《带你去看大秦朝》共十二章，分别是：带你看大秦、行走时尚前沿之大秦、舌尖上的大秦、旧时秦民住何许、秦朝人如何出行、大秦王朝的经济、文教与医药截然不同的命运走向、大秦朝的节庆盛典、民族融合与东西交流、秦律与变法、大秦深处的历史谜团、趣谈大秦冷知识。

《食材与烹饪：大秦饭桌上的诱惑》一文写道：秦朝的主食，一般由粱、黍、稷、稻、大麦、大豆、小豆、麻、苽等九谷制作而成。肉品方面，牛受到法律保护不能随便吃，马一般用来作战沙场，除此之外的猪、狗、羊、鸡等都可以吃。

有了食材，用什么厨具来加工？秦朝人大部分采用蒸、煮和烧烤的方式。而蒸、煮要用青铜鼎等各种青铜器，可青铜器比较昂贵，普通百姓大多买不起。因此，直接将肉放到火上烧烤，成为当时老百姓流行的烹饪方法。

调料方面，那个时候的调味品基本上也只有酱。很多酱是用动物做成的，常被用作酱材料的动物有青蛙、蚂蚁、鱼、虫和蜂窝等。由于花椒和胡椒是汉朝时期张骞出使西域后才传到我国，孜然是唐朝以后经丝绸之路引进我国，辣椒则是明朝晚期才通过海路传到我国。所以，没有花椒、胡椒、孜然、辣椒等调味品的秦朝，烧烤味道肯定和现在的烧烤没法比。

《食材与烹饪：大秦饭桌上的诱惑》一文，让我们了解到秦朝人饭桌上的境况。可以说《带你去看大秦朝》一书内容非常丰富，它将秦朝人的衣、食、住、行、乐，经济、教育、医疗、庆典、文明、法律，甚至某些奇葩知识，都用通俗易懂的语言做了介绍，让你仿佛置身其中。

更让读者惊喜的是，《带你去看大秦朝》中的许多内容和分析让人醍醐灌顶。比如，关于老秦人"赳赳老秦，共赴国难"精神的丢失和原因分析。

书中写道，战国前期的秦国是一个实力很弱的诸侯国，秦孝公时期，国家到了生死存亡的边缘。紧要关头，秦孝公重用卫国人商鞅，进行一场轰轰烈烈的变法，使秦国实力迅速得到提高，秦人对秦国的国家认同感也得到空前提升。百姓崇尚武风，民风强悍，表现出一种"赳赳老秦，共赴国难"的精神态度，军人上战场英勇无畏。正是这种情况下，秦国顺利统一天下，建立中国历史上第一个大一统王朝。

作者接着叙述并分析：秦一统天下之后，一方面，原来秦国故地的大批老秦人开始迁移到各地，肥沃土地和生活习惯逐渐改变老秦人的个性和生活习惯，使他们习惯于男耕女织的安稳生活，变得不再崇尚武风；另一方面，统一天下的秦朝没有心系百姓，采取休养生息的政策，缓解连年征战后百姓的困乏，反而大肆建造阿房宫、长城等各种各样的大工程，没让原本渴望过上好日子的老秦人得到自己想要的生活。由此，秦朝逐渐失去包括老秦人在内的民心，老秦人"赳赳老秦，共赴国难"的精神也没了。

于是，在后来秦朝面临数不尽的起义军时，很多老秦人"赳赳老秦，共赴国难"的精神不再，不是像以前一样伸出援助之手，而是选择袖手旁观。失去老秦人帮助的秦朝军队很快败下阵来，秦朝最终走向灭亡。

秦一统了天下，却丢了"赳赳老秦，共赴国难"的精神，短短十五年就丢了江山，令人深思。

《带你去看大秦朝》值得一读，它会引你走进大秦，纵览精彩纷呈的大秦风云。从中不仅能从细节上了解当时王公贵族和平民百姓的生活境况、时尚风俗，而且可以更深层次了解大秦王朝的过往辉煌，明白大秦王朝的兴亡根源，获得新知识，得到新启示。

（2023 年 7 月 7 日《三明日报》）

好运属于目标明确的人

为什么有的人一生都在得过且过？有的人浅尝辄止，有的人却能不断创造辉煌？

就像一艘航船，有目标的航船才有方向和意义。有方向的船是在征途上，没方向的船只是在漂泊。

如果我们给自己的生命设定一个目标，也包括重新设定目标，就可以活出全新的自己，这就是"重生论"。

以上这些出自《致胜十论》的话，让我醍醐灌顶。

《致胜十论》作者叶俊，国际注册心理咨询师，拥有十五年以上企业成长与家庭关系辅导的一线实战经验。他在序中写道："一路走来，经历了很多事，看了很多人，也常常看自己。一个个地看，大家都努力着，努力结果却大相径庭，背后的逻辑是什么？"《致胜十论》回答的就是这些现象背后的逻辑，书中每个案例都如一本教科书，每个行业先哲总结的理论都如一本说明书。

《致胜十论》分十章，分别是：格局论、武功论、火锅论、代价论、价值论、守弱论、名非论、打开论、状态论、重生论。

格局论：从心胸、目标、眼界三方面来衡量的人生格局大小，决定着人生的布局，布局又决定着结局。

武功论：人生需要十八般武艺，每个人都要检视自己，实现自己的人生规划需要具备和补上哪些"武艺"？

火锅论：吃一顿火锅都要"必备元素缺一不可"，人要创业成功改变命运，就要努力把自己打造成一专多能的人。

代价论：没有付出，就没有收获，但你的时间、精力等的付出要聚焦于工作目标。

价值论：人需努力提升自我价值，通过提升价值以实现与人交往的有效联结。

守弱论："我不是最棒的，我们才是最棒的。""守弱"守的是为人姿态，而不是降低自信、才华及专业度。

名非论：事物是变化发展的，无论概念、名称，还是身份、关系，它们的非并不永恒是"非"。就如"跑单客户"只是"名跑单客户"而非"真跑单客户"，跑单后只要后续真诚专业跟进，就可能成为"成交客户"。

打开论：要沟通顺畅，首先就要打开对方接受的开关，人生中有许多需要打开的开关。

状态论：人生不如意事十之八九，要把情绪的"遥控器"掌握在自己手上，做自己情绪的主人。

重生论：设定人生目标的重要性，以及怎样设定和明确人生目标。

每个人都想成功，活出精彩。《致胜十论》讲的就是人生致胜十法，关键是明确目标，其他九种方法都是为"目标"服务。书中"重生论"一章写道："什么是目标？就是在渴望实现的期限内，你渴望达成一种全新的活法、愿景与高度。"人生需要明确的目标，这样才能指引人生的方向，也才能让自己知道做什么、怎么做。如果你设定了一个可以使自己热血沸腾的正确目标，就等于你开始了一个新的人生阶段，也相当于获得一个重生的机会。

有明确的目标，才能组织明确的资源。目标明确，才知道如何配置资源，时间花在哪儿，精力花在哪儿，有明确目标你才能安排得更加科学；目标明确，才知道要去找什么人组成团队，就像刘备要匡复汉室，那就要找到关羽和张飞，要找到诸葛亮，还要找到更多的文臣武将，才能实现宏图伟业；目标明确，才知道自己要去学习什么，聚焦目标，问题导向，拜名师，补缺补漏学新知。

让人惊喜的是，目标明确，还可以让人热血沸腾、充满力量。很多时候，只要人的状态在、目标在，即使是肉体老了，但是精神可以很年轻。真正会老的是身体，心灵则可以持续保持年轻。我们看到不少退休同志有了新目标后就精神焕发，为什么？因为从全新目标设立那刻起，就会让人充满能量，再次激发、唤醒体内潜能，去迎接人生的下一个高峰。

让人更加惊喜的是，目标明确更加容易得到信任、关注和支持。《致胜十论》中引用了电影《十月围城》所展现的故事：孙中山将赴香港开会，清廷派大量刺客刺杀，港英政府两不相帮，而许许多多与孙中山未曾谋面、更没谈过什么利益交换条件的爱国志士，前赴后继保护孙中山；有人为孙中山捐出巨款，有人献出生命，有人失去亲人，有人捐出整个团队……这是为什么？就因为被孙中山"驱除鞑虏，恢复中华；推翻帝制，建立共和"的明确目标和伟大使命所吸引、所感召。

好运属于目标明确的人。给自己设定一个热血沸腾的明确目标，将让自己更有力量，人生更加精彩。这就是《致胜十论》给我们的重要启示。

（2023 年 8 月 25 日《三明日报》）

名言引领我"悦"读

名人名言往往闪烁着智慧光芒，富有哲理，给人启发。有四句名人名言虽直白浅显，却如醍醐灌顶，打开了我的阅读新模式，引领着我近年来的"悦"读生活。

第一句是胡适先生名言："怕什么真理无穷，进一寸有一寸的欢喜。"特别是走进图书馆时，面对浩如烟海的书籍，既有置身知识海洋的欣喜，又有"以有涯随无涯"的无力感。那么就望而却步？当然不能。仿佛胡适先生就在身边激励着我。书看不完又如何，每看完一本自有每一本带来的快乐和收获。选定了要学的内容，就要义无反顾地坚持，"怕什么真理无穷"。想到这，顿增阅读求知的信心和干劲。

第二句是英国哲学家斯宾塞名言："如果一个人的知识缺乏条理，那他的知识越多，他就越感到困惑不解。"这句话告诉我们知识系统化的重要性，也让我明白自己虽阅读书籍不少，却收获甚微的原因。于是我努力培养系统化阅读新习惯，比如，为了学习时评写作"好好讲道理"，重读《唯物辩证法原理》，进一步树立辩证思维理念，学会全面联系发展看问题；学习《逻辑学》，努力提高思维准确性，增强语言表达逻辑性；阅读拉吉罗教授的《思考的艺术》，加强创造性思维和批判性思维练习……果然效果渐显，稿件采用率不断提高。

　　第三句是美学家朱光潜先生名言："人生的艺术化就是人生的情趣化。"谁不想把人生过得有情趣？生活中有情趣的人更懂得欣赏，也更有亲和力。因此，美学书籍成了我阅读的重要选择，陆续阅读了朱光潜先生的《谈美》《谈美书简》，王明居的《通俗美学》，林语堂所著《苏东坡传》也是爱不释手……总之，多阅读有助于提高审美情趣的书，多了解些像苏东坡一样乐观看世界的人，学习用欣赏的眼光打量世界，欣赏生活中的一路美景，让生活变得富有情趣。

　　引领着我阅读生活的第四句是陆游的名言："纸上得来终觉浅，绝知此事要躬行。"虽然自己学识浅薄，但坚持边阅读学习边进行时评写作，要想将阅读得来知识转化为自身本领，就得投入实践实战。就如要学打球，就要上到球场；要学开车，就要上路驾驶；要学游泳，就要跳入水中。

（2020 年 4 月 3 日《三明日报》）

第三辑

育才哲思

发现天赋与因材施教

因材施教是孔子的重要思想，更是现代教育的重要原则。要做到因材施教，首先就要了解学生的个性特点和个性差异，发现学生的天赋。天赋是指生来具有的，禀受于天的，意思是指天资、资质。譬如，超强的记忆力、领悟力、想象力、创造力、组织力等。

天赋之所以称为天赋，就是因为他的天分是特别的、个性的，甚至是稀有的。每个学生的天赋是不一样的，有的擅长音乐，有的强在记忆，有的强在逻辑思维，有的强在形象思维……有天赋的学生可以在同样经验甚至没有经验的情况下，以高于其他同学的速度成长起来。

因材施教就是要以客观的态度，承认学生不同的天赋，尊重他们的个性、兴趣和爱好，公平地对待所有的孩子。唯此，教学教育才能达到更好的效果。

那么，如何发现学生的天赋？这要按天赋的显性和隐性来区分对待。显性的天赋，是指不必借助载体就可发现，比如长得特别高、手特别长等。隐性的天赋，则需要借助某种载体才能发现，比如组织能力天赋需要借助学生在一系列活动中的表现来发现，写作天赋需要借助写作实践来发现……显性的天赋一目了然，而隐性的天赋则需要老师（家长）们创造条件，通过举办各类比赛、体育运动、课外劳动等活动，凭借这些载体才能发现学生的特别之处。

当然，发现了学生天赋，不能说就发现了人才。据统计，1500年至1900年期间，世界各国共涌现出364位杰出的科学家和1057项重大成果，其中早慧人数占18%，其成果占24.6%。1916年，美国斯坦福大学的特曼曾对1528名天才等级的儿童进行了几十年的追踪研究。三十五年后发现，只有100多人能列入美国名人辞典。这些早慧儿童中，有20%没有达到一般人所能达到的成就。事实证明，有天赋的人不等于人才。

发现了学生天赋，要进一步促进学生成才出彩，除学生本身勤奋外，还离不开老师（家长）的因材施教。数学天才韦东奕天赋早彰，父母顺应他的天赋，没有强迫他门门功课都强，而是配合老师因材施教。韦东奕才能在许多数学大赛中获奖，成为富有潜力的青年学者——北京大学数学科学学院微分方程教研室研究员。如果当初要求韦东奕门门都强，没有因材施教，那么韦东奕的天赋就有可能被埋没而泯然于众。

"人才是第一资源"，方方面面人才都为国家所需。无论是教育工作者还是家长们，都必须千方百计创造天赋展现机会，善于发现学生天赋，并做到因材施教。唯此，我们国家才能更好迎来人才"千树万树梨花开"的生动局面。

（2022年11月16日《三明日报》）

丰富"好奇心"打开方式　破解"手不离机"

　　暑期到来，很多家长又为孩子"手不离机"而烦恼。如何破解中小学生手机依赖，成了许多家长的"必答题"。

　　手机作为一种工具，是中性的客观存在，是利，还是害，全在于人们如何用它。如今，为什么许多中小学生成为"手机控"？笔者认为既有外因，也有内因。外因方面，当下中小学生学习、娱乐、社交等生活场景，几乎都要与新媒体发生联系，手机不仅是他们学习、与外界联系的重要工具，更是满足好奇心的重要途径；内因方面，中小学生自控力弱，缺少社会经验和认知能力，容易被手机上五花八门的内容和游戏所吸引而沉迷其中。

　　无论是外因还是内因，都与"好奇心"关联。其实，中小学生拥有好奇心，是件非常好的事。居里夫人说："好奇心是学者的第一美德，为什么这么说呢？因为只有好奇才会懂得去观察，因为好奇才会让你懂得去思考，只有好奇才会让你有动力。"而兴趣总是从好奇开始，因好奇而想去认识、去探究，就成为兴趣。兴趣是智慧的火种、求知的源泉、成长的推动力。任何一种兴趣都包含着天性中倾向性的呼声，也许还包含着一种处在原始状态中的天才的闪光。

　　因此，我们要破解中小学生"手不离机"问题，不是简单地收掉手机，或强制少用手机，而是帮助他们丰富"好奇心"的打开方式，比如亲近大自然、参加体育运动、参与社会活动、进行纸质阅读等，在多渠道满足好奇心过程中，培养他们的良好兴趣爱好。再者，要创造条件提供更多满足"好奇心"的途径，他们才不会产生抵触情绪。如此，我们就有可能在不扼杀孩子们珍贵"好奇心"的前提下，引导他们更加自觉地、有节制地使用手机。

同时，还要教育引导他们提升对"机不离手"危害性的认识，增强独立思考和自我判断能力，让他们认识到手机只是工具，是服务学习、生活的，明白"役物而不为物所役"的道理。并且教育引导他们选择更有积极意义特别对自己成长有意义的兴趣，作为相对固定的中心兴趣。如此，就有可能让他们更加自觉地处理好与手机的关系，走出手机的"魔掌"，醉心于更有积极意义的兴趣。

领导团队制作出第一台便携电话——"大哥大"的"手机之父"、美国退休工程师马丁·库帕，他自己并不常用手机，使用手机只占到生活中不到5%的时间。最近，90多岁的库帕接受了采访，当听到记者提到"有人每天花超过5个小时刷手机"时，他回应说："我可能会对他说'去做点有意义的事吧'！"库帕的回应，对于我们破解中小学生"手不离机"是不是也很有启发？

（2022年7月27日《三明日报》）

给孩子的假期松绑

　　报载，一位 9 岁的小学生顶着室外 35℃ 高温，暑假以来在九个培训班之间马不停蹄地赶场。游泳、相声、模特、钢琴、作文、英语……上一个培训课程一结束，就立即赶往下一个。妈妈望子成龙，希望其成为"童星"，对其训练十分严格。试想，孩子怎么能快乐起来？

　　学校安排暑假，一是因夏季天气炎热不利学习；二是为了让孩子们享受他们的童年快乐。

　　说到暑假的童年快乐，想起自己小时候，除参加"双抢"和帮助干家务活外，常与小伙伴们捏土塑泥人，上山采野果，下河捉鱼虾，玩具自己造，快乐一起享，亲近大自然，这美好的童年记忆深深烙印在心头。一个暑假过完，不仅体悟到农民收获来之不易，也增强了自理能力，收获了快乐。

　　如今，孩子们的暑假生活不一样了，培训、补习成了多数孩子的主题。虽然费用不菲，但家长们仍然趋之若鹜。究其原因主要有三：一是源于家长望子成龙的期盼，家长都希望孩子能够赢在起跑线上；二是因为"被逼"，大家都在培训，自己孩子不参加会吃亏；三是家长无暇照顾，把孩子送去培训，看管问题也解决了。于是暑期兴趣培训班市场就如这夏日气温一样，很火很火；于是孩子们成了"学习机器"；于是就有家长感叹"养的不是孩子，是台碎钞机"。

这样说，笔者并不是反对家长面对现实而利用暑假让孩子适当补一补文化课"短板"或适当参加兴趣班。关键是凡事都要有个度，如果不顾孩子的承受能力和兴趣，由家长一厢情愿地给孩子报班过多，拔苗助长的"填鸭式"学习会让孩子承受太大压力，很容易使孩子对学习产生恐惧心理，还有可能对所学的知识或技艺产生逆反情绪。孩子一旦对学习失去兴趣，那成绩下降就成必然，更谈不上超前了。

当然，有的家长疏于管理而放任孩子玩电脑、打游戏，这也不好。不仅会影响孩子视力和身体素质，更令人担忧的是一旦孩子游戏成瘾，想改就难了。

孩子假期生活怎样安排才是最佳选择？这虽没有标准答案，但要根据孩子的自身个性特点，以有益孩子健康成长和良好习惯养成为目标，科学合理安排，这是家长们所要遵循的原则。

因此，暑假既不要绑架孩子参训，也不能过于放任。应该引导孩子以一种休闲自由活泼的方式去学习和娱乐，引导孩子多接触大自然，鼓励孩子力所能及地参加一些社会活动或公益劳动，学习课本以外的知识，让孩子在与人交往中锻炼适应社会的能力，培养其助人为乐、与人为善的良好品格，培养其良好的行为习惯。一年一度的暑假即将结束，在此呼吁家长们给孩子的假期松松绑，让他们过得愉快而有意义些。

（2017 年 8 月 23 日《三明日报》）

请保护好孩子们的"好奇心"

12月20日本报科技版刊登了科普文章《"碰碎"的鸡蛋》。文中的母亲采取"启发式"方法，先引导孩子自己动手探索寻找答案，再告诉孩子其中的科学道理。这种激发和保护孩子的好奇心和求知欲的做法值得肯定和提倡。当今世界，科技发展日新月异，国家要提升科技实力，首先就要培养科技人才。青少年是未来的主人，只有不断提升新一代青少年科学素质，才能推动科技创新和科技不断进步。提升青少年科学素质，必须遵循青少年成长规律，要从激发和保护孩子的好奇心和求知欲抓起，培养孩子们的科学精神和实践创新能力。

好奇心和求知欲是孩子们认识世界的动力，是打开"未知世界"的钥匙。孩子们的奇思怪想往往蕴藏着不可预测的潜能。好奇心和求知欲还是创造型人才所不可缺少的特质。爱迪生才上小学三个月就退学了，为什么能够成长为世界最伟大的发明家？一个不可忽视的原因就是爱迪生的母亲南希注意激发和保护爱迪生的好奇心和求知欲。南希经常抛给爱迪生几个问题，让其思考探索以激发其好奇心；而面对爱迪生的每一个"为什么"总是努力一起探讨加以解决，或用"好啊，你去试试吧"来回答，以培养爱迪生独立探索寻找答案的习惯。正是这被母亲激发和保护着的好奇心和求知欲，成为爱迪生认识世界的动力和打开"未知世界"的钥匙，而后才不断提升了科学素质，才会有一项项的发明创造。

反观现实，大人们常常不经意间忽视了对孩子们好奇心和求知欲的呵护，更谈不上激发。如，时常用"你还小，不懂事，以后慢慢会懂得"来回答孩子的发问。教育孩子多是用"灌输式"而少用"启发式"。家长们常问孩子"背好记住了哪些"，而不是问"今天在学校向老师提了什么问题"。殊不知，大人们这些不正确做法，正不知不觉中磨灭了孩子们的好奇之心和科学探索精神。

那么，如何激发和保护孩子们的好奇心和求知欲？这需要老师、家长和社会各界的共同努力。老师和家长们面对孩子的提问、质疑、探索，甚至不同意见，应给予支持和鼓励，重启发轻灌输；我们的有关部门应多办些少年科技赛，多开展些科普活动。各方应当创造条件让孩子们投身大自然，投身科学实践，努力为孩子们表现好奇心和满足求知欲提供更多机会。在科学的世界里，请记住，孩子们的每一次思考，从好奇开始；孩子们对世界的认知，从好奇开始；孩子们的创新创造，从好奇开始。

（2018 年 12 月 27 日《三明日报》）

放飞孩子们科学梦想

　　中国流动科技馆以体验科学为主题，设置了声光体验、电磁探秘、运动旋律、生命奥秘、数学魅力等主题展区，它们在流动布展中，让更多青少年从中受到科学的教育。这些小型经典互动展品，与科普表演、科学实验、球幕电影相结合组成。可以说是一场让更多青少年开启科学梦想的科普盛宴。

　　拥有适应时代发展的大批科技人才，是实现强国复兴梦的重要条件。青少年是国家和民族的未来，因此，我们要从诸多方面加以努力，培养和引导青少年树立科学报国之志，放飞科学梦想。

　　科普工作既是青少年学习科学常识的需要，也是培养他们良好科学品质的需要，更能放飞青少年的科学梦想。只有通过各种科普活动，使青少年感受科技魅力，感受到科学伟力，并产生科技兴趣，才能引导更多青少年爱思考、爱探索，在他们心中种下科学的种子。今天的青少年是明天科技强国的栋梁，今天科普种下的种子，明天就能发芽开花结果。

　　让科学家成为青少年的新偶像，这是更多青少年放飞科学梦想的强大推力。每个人心中都有偶像，这偶像往往又是其模仿的对象。所以，我们在提高科学家社会地位，让科学家很体面的同时，还要通过各种途径广泛宣传优秀科学家的事迹，传播他们追求真理、勇攀高峰的科学精神。比如，杂交水稻研究开创者袁隆平"一生追求不让老百姓挨饿"，陈景润在逆境中潜心学习、忘我钻研、勇攀科学高峰，科学家王选不懈努力使我国出版印刷行业"告别铅与火、迈入光和电"等。让一位位科学报国的科学家成为青少年崇尚的新偶像。倘能这样，必有更多青少年在了解和学习科学家过程中，激发求知热情，放飞梦想追求科学。

"有梦想才有远方""有梦想就能更好地照亮人生"。我们期待着更多青少年在探索科学和创新创造中，实现他们心中的梦想。

（2019 年 1 月 31 日《三明日报》）

莫让短视频掏空我们的阅读时间

据 4 月 17 日央视新闻报道，中国美好生活数据大调查显示：2020 年中国人每天多了 24 分钟休闲时间。在休闲时间里，有大约 38% 的人在刷手机。排在手机娱乐前三位的是刷短视频、打游戏和追剧观影。短视频排在手机娱乐第一名。

分析其原因，主要是短视频内容丰富，搞笑开心类、祝福类、美食类、生活健康妙招类、心灵鸡汤类……可谓五花八门；多感官刺激，不仅有视觉上的强烈冲击，而且有听觉上魔性音乐加持；不需太多思考，就可达到获取零碎知识和娱乐的目的。

短视频是科技进步发展的结果，如果爱迪生穿越来到 21 世纪，必定会为此惊叹不已。然而，每一枚硬币都有两面，作为科技新成果的短视频也是一把双刃剑。短视频带给我们零碎知识和快乐的同时，也带来许多不利的影响。比如，很多人原本并不想在短视频上浪费太多时间，然而不知不觉中上瘾了，往往半个小时、一个小时就悄无声息地从指尖溜走。短视频不断吞噬着我们的宝贵时光。

更为严重的是，短视频掏空了我们一些人的阅读时间。一些人宁愿将大把休闲时间花费在短视频上，也不愿意找点更有价值、更有意义的图书去读一读。虽然有人说过，时间像"海绵里的水"，挤一挤都会有。实际上时间是相对固定的，这方面用多了，那方面必然就少了。

再说，短视频对想象力和思考力的调用非常少，不像阅读那样需要进行深度思考。如果长期玩短视频，很可能会让人变得理性力量匮乏，思想碎片化，最终导致精神创造、思想认知、思考能力的枯萎和退化。而一个人的成长或其成就，与其总时间的支配方式有很大关系，与其发现问题、思考问题的能力培养有很大关系。因此，在休闲时间的分配上，应当重在系统性地阅读，有思考地阅读，而不是将大把时间花在传播零碎知识和不需太多思考的短视频上。

大量的短视频已经充斥着我们的精神生活、文化生活。我们不反对短视频，但必须警醒、理智。短视频如玫瑰有刺，但我们可以只选择其美丽；短视频有负面影响，但我们可以只选择其进步的一面；短视频很容易让我们陶醉着迷，但我们可以学会克制，理智"触网"，避免让短视频掏空我们的阅读时间。

（2021 年 5 月 25 日《三明日报》）

莫让偏见阻碍你的成功

近日，深圳市第二职业技术学校 2019 级汽车运用与维修专业的古慧晶成了网红。今年 4 月，她代表学校参加广东省职业院校学生专业技能大赛，成为广东省第一个参加此类赛事并夺得一等奖的女生。网友称赞她是一名出色的汽修班女孩，"用实力打破了性别和职业偏见"。

偏见是以不正确或不充分的信息为根据，而形成的对他人或一些事理的片面甚至错误的看法。偏见常常表现为机械地套用老经验，或用老眼光看待新问题，或先入为主简单而过早地下结论。因此，偏见往往影响人们对新事物的接纳，阻碍人们走向成功。

职业教育，从宏观层面看，是培养高素质技术技能人才、能工巧匠、大国工匠的基础性工程；从微观层面看，发展"人人有技能、个个有本领"的职业教育有利于实现更充分就业。然而现实中，"重普轻职"的偏见根深蒂固。同时，学前教育专业、护理专业是"巾帼"专业，"又脏又累"的汽修行业是男性"一统天下"……一些职业选择的刻板观念似乎牢不可破。

立足新发展阶段，推动经济高质量发展，我们不仅需要大批拔尖创新人才突破"卡脖子"技术，也需要大量的能工巧匠助力"中国智造"。我国航天事业之所以造就辉煌，重要原因就是不仅有大量的科学家，而且有大量的能工巧匠、大国工匠。因此，"蓝领""白领"都是社会所需。普通教育也好，职业教育也罢，都是国民教育体系和人力资源开发的重要组成部分，都充满成功的机会。再说，也不存在哪个职业，一定要男性或一定要女性才能做得好。

古慧晶为什么获得众多网友称赞？就是因为她不受传统观念影响，顶着心存偏见的家人和亲戚朋友反对的压力，认准"这不只是关乎兴趣，汽车行业前景也不会差"。敢于选择职校以及自己喜欢的专业，并通过勤学苦练，初步实现了自己的梦想。她用"硬实力"诠释了"三百六十行，行行出状元"的道理。她用事实撕掉了职业教育是"次等教育""无前途"的偏见标签，颠覆了"汽修是男人的活儿"的偏见认知。

古慧晶的故事表明：要想成功，就要尊重自己的兴趣和内心的呼唤，并加以坚持；要想成功，就不能被性别和职业偏见所左右。古慧晶的脱颖而出也说明：任何偏见都不应该成为年轻人发展事业、走向成功的阻碍。

我们期待更多的古慧晶，做到"我的人生我做主"，不被传统观念所锚定，不让偏见阻碍了自己的成功！

（2021 年 7 月 21 日《三明日报》）

让劳动课成为学生的人生成长课

9月2日《三明日报》报道，明溪县实验小学开展以"劳动美、幸福路、中国梦"为主题的开学第一课"劳动教育"班会课活动，让同学们感受到劳动的快乐与辛劳，受到了教育。

"德、智、体、美、劳全面发展"是我们的教育要求，长期以来，由于学校、家长更多是关心学生"文化课考得怎么样"，劳动课逐渐被淡化、弱化、边缘化，导致许多孩子劳动意识淡薄、劳动习惯缺失、劳动能力不足，甚至五谷不分。殊不知，在生产力落后、物质匮乏的时代，劳动是一项生存的必须行为；在当今，劳动既是人健康的基础，也是人成长的载体，劳动课具有树德、增智、强体、育美的综合育人价值。

正基于此，今年4月，教育部发布《义务教育劳动课程标准（2022年版）》，从今年秋季起独立设置劳动课程，让中小学生从小培养各种劳动的本领。可以说，这是一件极具现实意义的大事。那么，如何落实好新规，让劳动课成为学生的人生成长课？笔者认为，至少要从以下几个方面加以努力。

增强意义感。有意义感的活动更能激发人们的参与热情，也更能给人带来成就感、幸福感。针对学生特点，我们可用讲励志故事方法来引导。如，讲讲《鲁滨逊漂流记》的原型塞尔柯克的故事：他不仅能够自己种大麦和水稻获得稳定食物来源，而且自己搭起帐篷有了安身之所，还能够自己用山羊皮制衣裤御寒……塞尔柯克用劳动提升了生存本领，所以能够在那渺无人烟的荒岛上独自生活了四年多。又如，讲讲为"中国制造"立下汗马功劳的动手能力强的"大国工匠"故事。总之，如果能让学生明白"劳动是人类进步的坚实阶梯，是人类智慧发展的原生力"，上好劳动课，既能掌握生活技能提高本领，还能锻炼身体、增强意志、提升品德修养，那么就能更好地调动学生上好劳动课的积极性。

提高趣味性。劳动课成必修课，但劳动课要上好，上出成效，还必须注意创新载体，丰富内涵，提高趣味性。明溪县实验小学六年级（1）班学生章雅琦，在学校不仅学会了擦窗户、打扫蜘蛛网、西红柿炒蛋等各种劳动，而且感觉很快乐，重要原因就是其"觉得劳动课非常有趣"。因此说，提高劳动课的趣味性才能更好增强吸引力，让学生在全身心参与中接受劳动教育。提高趣味性是提升劳动课质量的重要保证。

做到生活化。陶行知说："劳动即生活、生活即教育。"意思是说：劳动本身就是一种生活，生活本身也是一种教育，这种教育应该在潜移默化中完成。这提示我们：劳动与教育不是两张皮，而应该有机结合，劳动课就是通过参加劳动接受教育的过程。也就是说，劳动教育应结合自身生产生活实际，通过劳动课引导学生不论是在社会，还是在学校或家庭中，都要养成自觉动动手、出出力、流流汗的习惯。如此，才能在经常性的辛勤劳动中懂得一饭一粥来之不易，感受快乐，磨炼体魄，增强意志，增长见识，收获成长。

（2022 年 9 月 7 日《三明日报》）

兴趣既需触发也需刻意培养

4 月 14 日 19:30 的央视《多彩少年》舞台上,由专家组以上海昆虫博物馆百万馆藏为基础,结合社科、人文、历史、医学常识、分类学等各学科领域,归纳总结的 20 道终极挑战题,虽然难度很大,但 11 岁"爱虫少年"叶夏安仍然以满分成绩挑战成功。

叶夏安 5 岁时看到了一部纪录片《极速猎杀》,里面有介绍一种很威风的昆虫名叫大王虎甲,他很喜欢,从此走上了爱虫的道路。叶夏安在家养锹甲、蜈蚣、蝎子、蜘蛛,父母虽对虫子有点抗拒,但还是支持。有一次,叶夏安打翻了养蟋蟀的盒子,300 多只蟋蟀在房内到处跑,结果抓了半个月才抓干净。这半个月里,尽管家人就像住在农村田野一样,在蟋蟀的鸣叫声中睡觉,但父母还是忍受着,支持孩子的爱好。幸运的叶夏安不仅有了兴趣触发的开头,而且有父母的后续支持。

叶夏安的故事给了我们有益启示。正如节目嘉宾、中国科学院心理学博士景晓娟所说:"很多家长都说孩子的兴趣和爱好是天生的,总在等待着和孩子的兴趣点幸运的邂逅,等啊等啊,找不到孩子的兴趣点。但是从夏安身上我们看到:兴趣是需要触发的,还需要刻意的培养。夏安的爸爸在这方面下的功夫,值得家长朋友学习。"

景博士的话，又让我想起著名家庭教育专家卢勤的故事。5岁时，卢勤画了一只彩色大公鸡，在幼儿园得了奖，兴冲冲跑回家告诉妈妈。妈妈的眼睛笑成了一条缝："太好了，我早就知道你画的公鸡比我养的公鸡还漂亮！"卢勤从此爱上了画画，家中的杯盘碗盏，到处都染上了颜料。上小学第一天，老师问"谁会画画"，卢勤自告奋勇，于是黑板报成了她的"分内事"。从一年级画到六年级，从班里画到了学校，从初一画到了高三，然后下乡给农民办报，最后办了《中国少年报》。卢勤有了幼儿园得奖的触发，加上母亲的夸奖、支持，以及一路以来学校的培养，画画兴趣得以淋漓尽致地发挥，用兴趣点亮了自己的人生。卢勤与叶夏安的经历虽然有异，但异曲同工，也证明了"兴趣是需要触发的，还需要刻意的培养"的道理。

那么，如何才能让孩子有更多触发兴趣的机会？那就是多为孩子提供接触新鲜事物的机遇，提供兴趣开启和彰显的机缘。人们常说"触景生情"，意思是在特定环境下会引发相应的情感体验。孩子们的兴趣同样如此，孩子展现特定的兴趣，往往是以对该事物有接触、认知为前提的。叶夏安如果没有看《极速猎杀》，可能就没有后来的爱虫兴趣；卢勤如没接触画画，可能就没有后面的用画画点亮的人生。

而如何发现孩子兴趣，并刻意培养？一要善于观察，通过日常生活中的细心观察，发现孩子不经意间表现出来的喜欢，在某些特定行为上所展现出来的"乐此不疲"；二要多些正向激励，为孩子贴上"我能行"标签，用激励的方式来放大孩子的兴趣；三要持之以恒为孩子提供各种条件，助力孩子在兴趣方向继续前行，让孩子的兴趣能够一步一个脚印地成长。

爱因斯坦曾说："兴趣是最好的老师。"有人说，兴趣是调集成长注意力的磁铁。我想，我们若能做到提供更多机会，让孩子与兴趣点幸运邂逅，在孩子兴趣开启之后，加以刻意培养，那么，必将有更多的叶夏安、卢勤更加专注于兴趣，用兴趣打开世界，用兴趣点亮人生。

（2023 年 5 月 10 日《三明日报》）

要当伯乐型的家长和老师

10 月 7 日，三明籍运动员葛曼棋载誉回乡。在刚刚闭幕的杭州亚运会比赛中，葛曼棋获得田径女子 100 米、4×100 米接力项目两枚金牌，为三明争光，为祖国赢得荣誉，成为家乡人民的骄傲。

打动笔者的，除了葛曼棋夺冠的高光时刻、拼搏的励志经历，还有她幸遇伯乐的故事。

从小，在玩捉迷藏、警察抓小偷等小游戏中，葛曼棋永远都是最难抓的那一个，因为她跑得特别快。7 岁那年，葛曼棋遇到人生第一位伯乐——体育老师陈金凤。陈金凤不仅发现了葛曼棋的天赋，而且利用课后时间让葛曼棋跟着自己训练。2007 年，有着四肢匀称、步频较快、协调性较好等天然优势的葛曼棋又遇伯乐，被三明市少体校教练李少君看中，到三明市少体校学习。之后，葛曼棋又跟十项全能运动员宋书林教练学习。2011 年，由刘朝旭教导，开始专攻短跑。从陈金凤到李少君，到宋书林，再到刘朝旭，从发现葛曼棋的特长到聚焦训练葛曼棋短跑，葛曼棋一路上幸运地遇到伯乐型老师并得到老师们的倾心教导，从而成为今天的亚洲女飞人。

葛曼棋幸遇伯乐的故事，不禁让笔者又联想到中国男子台球队运动员、斯诺克球手丁俊晖被发现和培养的过程。丁俊晖的父亲丁文钧爱好台球，8岁时丁俊晖就开始接触台球。丁俊晖小学三年级暑假时，他父亲与一位台球高手切磋球技，在父亲上厕所的间隙，丁俊晖代父亲打了几杆球，竟出人意料地替父亲战胜了对手。父亲这时敏锐地意识到了儿子的潜力，成了儿子的伯乐，从此一心培养丁俊晖。顶着各种压力要求学校允许丁俊晖只修语文和数学，半天学习，半天练球；放弃原先的生意，开了一家球房；假期里，送丁俊晖到上海接受系统的斯诺克专业训练；为了丁俊晖的进一步发展，1998年底，举家迁往广东东莞……丁俊晖的父亲不仅发现了儿子的长处，而且煞费苦心，无私奉献，为儿子不断优化成长环境，从而造就了奇才丁俊晖。

葛曼棋、丁俊晖，他们特长不同，但都很幸运地遇到伯乐，收获了人生精彩。他们的故事给了我们，特别是家长和老师许多有益启示。

要当伯乐型的家长和老师。和孩子们朝夕相处的是家长，接触社会首先从接触老师开始。每个孩子都独一无二，如果不能当伯乐，不善于发现孩子特长，那么，家长就会面对家中宝而不觉，老师就会面对学生中的"千里马"而不知。葛曼棋人生为什么能够出彩？很重要的原因是遇到一个又一个伯乐型老师；丁俊晖人生为什么能够出彩？很重要的原因是遇到一个伯乐型父亲。当个伯乐型的家长和老师，才能帮助孩子更好发现自身潜能，更好找准人生发力方向，才能让更多的葛曼棋、丁俊晖脱颖而出，释放耀眼光华。

要优化孩子的成长环境。不论是丁俊晖的父亲煞费苦心、无私奉献，还是葛曼棋的教练刘朝旭10年间一直陪着葛曼棋经历困难、挫折，帮她重拾信心和勇气，都是优化孩子成长环境的好办法。只有有针对性地悉心爱护、精心培养，优化孩子成长环境，才能从根本上创造条件激发孩子的潜力和活力，让孩子尽显其能。

当好伯乐，是家长和老师应提升的一种能力，也是家长和老师的一份责任。

（2023 年 10 月 11 日《三明日报》）

第四辑

成长哲思

图钉的力量

在央视《中国经济大讲堂》中，主讲人刘燕华谈到 T 型人才时说，T 是一个形象，就像一个图钉，图钉有个钉，有个帽，帽的面积较大，压强分散，最终分散的力量集中在钉上，所以才能够把图钉压下去。这启示我们，T 型人才既要做到学科融合、知识面宽，又要做到某一个方面的专，这样的知识结构才有利于最终整合发力，出成效。

刘燕华的话让我豁然开朗。

想起小时候，有时以手拇指用力压桌面上的一只蚂蚁，却压不死，用同样方式同样的力却可以把图钉压进木板桌面。难道是蚂蚁比木板更坚硬？非也！问题就出在力量有没有集中到一目标点上。用手拇指压蚂蚁，作用面大，真正作用在蚂蚁身上的力量不大，因而不能压死蚂蚁。

以色列历史学家尤瓦尔·赫拉利写的《人类简史》，在全世界有 42 种语言的版本，成为全球畅销书，连比尔·盖茨都成为他的拥趸。赫拉利为什么这么牛？这是因为他写历史，不仅涉及历史，对化学、人类学、生物学、宗教、哲学、经济学、心理学等前沿发展都了如指掌，最后才能整合和运用丰富的跨领域知识和独到的见解，以庖丁解牛般的手法写就《人类简史》。再如，《红楼梦》为什么能成为一部举世公认的中国封建社会百科全书？就是因为作者曹雪芹又博又专，不仅掌握并熟用广博的知识，而且深谙文学写作。

赫拉利、曹雪芹做到博而专，并把广博的知识整合，"为我所用"，聚力于目标点，才能成就不凡。可以说，不论赫拉利还是曹雪芹，都是典型的又博又专的 T 型人才，他们的成就是"图钉的力量原理"最好的诠释。

常看到各种各样相互矛盾的论述。或者是着重讲知识面要广博，要全面，要"知天下事"，才能成功；或者强调要能专注，要有匠心，要成唯一，才能成功。把博与专进行二元化简单对立。其实，博与专并不矛盾。当今科学技术迅猛发展使多学科交叉融合、综合化，这必然要求我们既要博，"读万卷书，行万里路"以获取广博知识，同时又要专，做强做精专业，更要把理论知识和实践整合在"目标"的大框架之下，同向发力，聚力对准目标。如此，才有可能将知识变为力量。

其实，我们生活中，"图钉的力量原理"是普遍存在的。我们做任何事情，如果能够围绕既定目标，广泛整合各种各样的人力、物力、智力，就很可能把事情做到极致，变"不可能"为"可能"。甚至，我们也可能像赫拉利、曹雪芹一样取得辉煌的成就。

（2020 年 3 月 19 日《三明日报》刊用、获沙县第五届边景昭文艺奖三等奖）

优秀是一种习惯

那天，偶尔骑车上班。但习惯走路上下班的我，一下班就径直步行回家，全然忘了将车骑回。这是生活习惯使然。

特殊时期，银行、车站等公共场所，在有效管理和服务提示下，广大群众普遍遵守"一米"距离规定。这是市民的文明新习惯。

我们平时走路，没有谁考虑先迈哪只脚，想去哪，脚自然就动起来。这是从小养成的从容迈步习惯。

摄影家们无论是面对人物还是面对风景，不同角度、不同光线，他们都能拍出不一样的美，其背后是他们有用欣赏眼光和专业眼光打量世界的好习惯。

爱迪生一生中创造发明了电灯、电车、电影、发电机、电动机、电话机、留声机等，其背后是他始终保持好奇和追根问底的好习惯。

屠呦呦团队经历过200多次实验失败之后，发现了青蒿素，开创了疟疾治疗新方法，挽救了数百万人生命，其背后是屠呦呦团队"情系苍生，淡泊名利，不畏失败，愈挫愈勇"的好习惯。

"中国诗词大会"第三季总决赛冠军——杭州外卖小哥雷海为，为什么能够成就"不平凡的光彩"？重要原因是他养成了及时送餐"让别人不饿"的同时，利用等单间隙背诗词的好习惯。

苏东坡为什么能够成为一个乐天派伟大诗人？重要原因之一是他有"吾上可陪玉皇大帝，下可以陪卑田院乞儿，眼前见天下无一不好人"等的乐观看世界习惯。

......

习惯影响人生命运。正如著名心理学家、哲学家威廉·詹姆斯所说："播下一个行动，你将收获一种习惯；播下一种习惯，你将收获一种性格；播下一种性格，你将收获一种命运。"

习惯能够成就一个人。爱迪生、屠呦呦、苏东坡、外卖小哥雷海为，就是最好例证。

习惯也能够摧毁一个人。比如，如果养成天天上网聊天看电视连续剧的习惯，很容易失去专心致志完成重要事情的时间，就有可能使人一辈子平庸。

习惯对每一个人来说都意义深远。孔子在《论语》中提道："性相近也，习相远也。"意思是说，人的本性是很接近的，但由于习惯不同便相去甚远。换句话说，习惯虽小，却影响深远。

古希腊哲学家亚里士多德说过："每天反复做的事情造就了我们，然后你会发现，优秀不是一种行为，而是一种习惯。"

优秀是种习惯。良好习惯能够成就精彩人生，造就优秀的你。

（2020 年 4 月 16 日《三明日报》）

三位航天员带给我们知识改变命运的启示

随着神舟十二号载人飞船发射圆满成功，聂海胜、刘伯明、汤洪波等三名航天员成为人们心中的榜样。

文章《神舟十二号3名宇航员家世背景曝光，原来这才是他们厉害的真相》讲述了三名航天员的故事后，分析得出四点启示：相信读书的力量；人生总要吃苦才能尝出甜味；永远不要给自己的人生设限；高手都是长期主义。看了此文，笔者认为，还有几点值得深层分析。

把握现在，才能造就更好的明天。读书与做其他事一样，只有把握现在，有想法就立即见行动，才能做到日有长进接近目标，才能把握未来。聂海胜学习航天理论知识时，没日没夜地学，家里成了他的学习室，客厅到卧室到处堆满了学习资料，甚至连墙上都贴满了纸条。刘伯明为了高考英语不拖后腿，在英语上下足了功夫，就连走路、干活时，都在背英语单词。汤洪波入伍后，每次回家探亲都带很多书，除了陪家人聊天，其余时间都躲在房间读书学习。正是因为他们把握现在，刻苦学习，不让宝贵时间在"匆匆"中浪费流走，所以才能迎来"鲤鱼跃龙门"的跨越。

把好方向，才有美好的未来。路再远，方向对了，才会有抵达的那一天。滴水穿石，只有方向对了，目标对了，才能在矢志不移、日复一日中造就出穿透顽石的神奇。对航天员来说，有身体素质的挑战，有心理素质的挑战，有知识技能的挑战。聂海胜、刘伯明、汤洪波等，正是因为怀揣"飞天梦"，把好方向，对焦航天员素质要求，跳出"舒适区"，日复一日勤学苦练，才能在严格的考察与评定中脱颖而出，从而实现了自己的梦想。

勇攀知识高峰，才能不断达到人生新高度。网友纷纷惊呼："厉害了，上个天竞争都这么激烈，一个博士，两硕士。"试想，聂海胜、刘伯明、汤洪波等如果没有在知识的大山中勇攀高峰，攻下一个又一个知识的山头，怎能实现从农村娃到高学历人才？怎能适应航天高科技对航天员的高要求？怎能攀登上人生的新高峰？怎能做到知识改变命运？

知识改变命运，不是随随便便、轻轻松松就可做到，必须把握现在，立即行动起来，根据祖国需要和社会需求选准学习方向，持之以恒，不畏艰难，勇攀知识高峰。唯此，才能通过学习，用你脚下书本的厚度垫起你人生的高度。这就是三位航天员知识改变命运给我们的启示！

（2021 年 6 月 30 日《三明日报》）

用工匠精神托起梦想

　　11月18日，神舟十一号飞船平安着陆，航天员景海鹏、陈冬顺利返航。中国，又一次飞天，再一次梦圆！

　　每次梦圆，都离不开火箭"心脏"焊接人高凤林式的一大批航天"工匠"的共同努力。高凤林，中国航天科技集团公司的一名特种熔融焊接工、特级技师，为火箭焊接"心脏"——发动机。30多年来，先后攻克96项航天领域焊接技术难关，先后荣获20多项国家科技进步二等奖、全军科技进步二等奖。

　　高凤林的"绝技绝活"不是凭空取得，而是30多年刻苦练得。"高凤林吃饭时拿筷子练送丝，喝水时端着盛满水的缸子练稳定性，休息时举着铁块练耐力，冒着高温观察铁水的流动规律；为了攻克国家某重点攻关项目，近半年的时间，他天天趴在冰冷的产品上，关节麻木了、青紫了，他甚至被戏称为'和产品结婚的人'。"高凤林的身上集中体现了"工匠精神"的优良品质，成为新时代高技能工人的时代坐标。

　　我国有句谚语"三百六十行，行行出状元"，指的就是一种以卓越为核心要义的至高境界的追求，所反映的其实是每一行的工作者对自己工作、产品品质有极致追求的表现，因为只有具备这种精益求精精神的人，才能成为行家里手，才能成为"状元"。科技人员研究的每一步改进，医生看病不放过病人的每个症状细节，编辑对每一个用词的推敲，都是"状元"所应具备的品质，都是"工匠精神"的具体体现。

反观当下，社会上不少人心浮气躁，投资追求"短、平、快"带来的即时利益。现阶段社会高端产品供给不足和高端需求迅速增长的矛盾日益突出。导致高端产品供给不足的重要根源之一就是"工匠精神"的缺失。

今年全国两会上，"工匠精神"首次进入政府工作报告，成为今年制造业转型升级的一个热词。"工匠精神"的提出，不仅是我国从制造业大国走向制造业强国的需要，也是各行各业重新树立起品质意识，为实现中国伟大复兴的需要。

那么，如何培育和发扬"工匠精神"？笔者认为，要多个方面采取有力措施。

要加强"工匠"人才培养。"工匠"人才是"工匠精神"的重要支撑，更是"工匠精神"的依附载体。要加强"工匠"人才队伍培养，培养扎根于各行各业，尊重自己所从事的事业，带着责任感和使命感做事，既善工事又具匠心的"工匠"人才群体。

要建立健全和实施"工匠"人才激励机制。通过建立健全和实施各类"工匠"人才的政治待遇制度、经济待遇制度、表彰制度等，推动全社会形成尊崇"工匠"、争做"工匠"和做好"工匠"的职业价值取向。

要把"工匠精神"纳入核心价值观体系加以强力宣传。"工匠精神"实际上是一种敬业精神，是对所从事的工作锲而不舍，对质量的要求不断提升，在工作岗位上不放松的一种精神。其不仅要融入各企事业单位文化加以培育，更要纳入社会主义核心价值观建设体系的重要内涵强力宣传，使其成为我们的社会基因，国家基因。

只要全社会共同努力，大力培育和发扬"工匠精神"，让

"工匠精神"成为时代气质。那么,"工匠精神"就能托起我们的中国梦!

（2016 年 12 月 1 日《三明日报》）

"一个人的升旗礼"启示

6月27日，贵州遵义红花岗区老城小学一名小学生因为迟到，冒雨奔向教室。当他跑到操场，听到国歌响起时，立刻面向国旗敬礼，直到国歌结束才匆匆跑进教室。这一幕被来遵义开展调研的中国华夏文化遗产基金会红色文化办公室主任徐红恩意外抓拍到，发到朋友圈后，赢得许多点赞。

一个人的升旗礼！应该是许多人未见过的。大家可问一下自己，假如遇上这种情况，没有时间，没人监督，能自觉做到吗？应该说这名小学生为我们上了一堂生动的爱国主义教育课。

爱国不应只是停留在"脑海"里，停留在"口头"上，而应该通过一定的行为方式表现出来。老城小学每周一在操场上举行升旗仪式，周二至周五则在教室里开展升旗仪式。这所小学把国歌响起要立即面向国旗行注目礼和敬少先队礼，作为学生的日常教育和基本要求。校长蒋传芳向媒体表示，其实，不光是上午画面中迟到的三年级学生会这样，学校每一名学生听到国歌时都会这样。

中华人民共和国国旗是中华人民共和国的象征和标志。每个公民和组织，都应当尊重和爱护国旗。中华人民共和国国歌是中华民族精神的歌曲，带有爱国主义色彩，能呼唤起人们内心深处的国家情怀，是国家的第一声音。

　　老城小学同学们敬国歌敬国旗的行为就是很好的爱国表现。老城小学把爱国主义教育融入学生的日常教育，这办法非常可取。有网友点赞说："一个人的升旗礼是遵义这座红色城市的文明风景，更是红色基因的代代传承。"

　　少年强则国家强。小孩子是一张白纸，我们教会了他什么他就认为是什么，所以少年儿童教育很重要。从敬国歌敬国旗教育起，在年幼的孩子身上种下爱国主义的"初心"，这意味着什么？道理大家都明白。关键是明白了，我们应怎么做？

　　我想，最重要的第一步，就像老城小学一样，从学生最易感知、最易接受的爱国主义教育入手，不断深化"爱国生活化"教育理念，细化行为准则，实现校园生活与爱国教育的无缝对接，让爱国主义情怀在孩子们心中扎下根，从而从小就有爱国的自觉。这也就是"一个人的升旗礼"给我们的启示。

（2017 年 7 月 19 日《三明日报》）

"诗词才女"武亦姝精彩夺冠的启示

2月7日，央视《中国诗词大会》第二季总决赛在多位高手的精彩"过招"中落幕，上海复旦附中高一女生武亦姝夺得了总冠军，迅速走红。

武亦姝的语文老师王希明说，"武亦姝的才情，和她长期古诗词的阅读和积累有关。更重要的是她发自内心的爱好，没有爱好是坚持不下来的。"

"没有爱好是坚持不下来的"，王希明老师的话非常有道理！

爱好使人们的生活更加富有激情，使人们可以持之以恒，甚至习惯性地做一项事情或从事一项事业，进而可能成就某个方面的特长。古往今来，因爱好而持之以恒的例子举不胜举，且看几例。明代名医李时珍，出身医门，自小就对医药很感兴趣，读了许多医书，并研究多种医术。他在发现许多古代医书的不足之处后，决心编写一本新的完备的药书。在编写过程中，他脚穿草鞋，身背药篓，翻山越岭，访医采药，走了上万里路，倾听了千万人的意见，参阅各种书籍800多种，历时27年，终于在他61岁那年（1578年）完成了医药巨著《本草纲目》。

地理学家、旅行家徐霞客，幼年好学，尤其喜读史籍、地理方志和山海图经等书。他从22岁开始游历天下，历经30多年，志在山水，不畏艰难，足迹遍布大江南北，终于写就珍贵文献

《徐霞客游记》。

80后上海才女沈韵，从小喜欢画画和烹饪。顺着两个爱好，持之以恒发展，成了一名全国独一无二的食品造型师。

不管是古人李时珍、徐霞客，还是80后才女沈韵，都是因为有爱好，才得以持之以恒，进而成就事业。

有爱好才能持之以恒，这道理启示着我们每个人。

社会生活中，我们每个人都应该努力挖掘自己的真正兴趣爱好。找出那些对社会有益的，至少是利己而不妨碍他人的爱好"种子"，再持之以恒浇灌它，培育它，使爱好变成特长，甚至做成一项事业。

更深刻理解了"有爱好才能持之以恒"的道理，应该算是我们看央视《中国诗词大会》，看"00后诗词才女"武亦姝精彩夺冠之后的收获之一吧。

（2017年2月27日《三明日报》）

在阅读中绽放不平凡的光彩

4 月 4 日晚，"中国诗词大会"第三季总决赛在 CCTV-1 播出，来自杭州的普通外卖小哥雷海为在激烈角逐中逆袭夺冠。这位斩关夺隘的外卖小哥表现出的不凡，让主持人董卿为之赞叹：平凡的生命也能追求不平凡的光彩！在"倡导全民阅读，建设学习型社会"的今天，雷海为无疑是值得我们点赞的"全民阅读"典型。

雷海为很平凡，但他敬业且有追求。做到及时送餐"让别人不饿"，自己却"一天三餐用餐时间加起来不足半小时，总金额一般在 25 元以内"。更令人佩服的是，他利用等单的间隙背诗词，在休息的时候背诗词。工资不高，就去书店把诗词背下来，回去再默写出来。读诗背诗一坚持就是 13 年。平凡而有追求的雷海为通过坚持阅读积累，成就了"不平凡的光彩"。让康震老师由衷夸他"非常优秀"，王立群老师赞叹他"功力非凡"。

像雷海为这样通过坚持阅读从而绽放不平凡的光彩的例子有很多很多。沙县铁路诗人马兆印就是一例。1984 年参加工作不久的中国铁路南昌局集团有限公司永安工务段普通线路工马兆印，读到舒婷的诗集《双桅船》，从此爱上诗歌。30 多年来，他白天在线路上劳作，晚上则读诗写诗。正因其 30 多年坚持海量阅读诗歌和诗歌写作，追求更好的自己，如今的老马才有了"不平凡的光彩"。

今年的政府工作报告提出"倡导全民阅读，建设学习型社会"，这已是2014年来"全民阅读"第五次写入政府工作报告。从国家来说，这是提高国民素质，提高综合国力，建设文化强国的需要；从个人来说，既是提高自身素质的需要，也是平凡的生命追求不平凡的光彩的重要途径。

现实中，大多数人都认为阅读是件低成本的好事情，可在行动上，有的说"工作忙没时间阅读"，有的忙于打游戏，有的则忙于接受网络上碎片化信息，却懒得去系统阅读一本书。对照外卖小哥雷海为、铁路诗人马兆印，很显然，主要是缺乏阅读的自觉和坚持。

阅读是自我提升的重要途径。你爱它，它便爱你；你舍得投资它，它就会尽力回报你。正如董卿所说："你在读书上花的任何时间，都会在某一时刻给你回报。"今天的阅读知识积累，就是明天发展的智慧和力量。

平凡的生命也能绽放不平凡的光彩！即使你现在非常普通，如要去追求"不平凡的光彩"，那就从现在开始阅读，并做到自觉再自觉，坚持再坚持！

（2018年4月9日《三明日报》）

让"追求极致"成为风尚

近日，笔者阅读《三明日报》"三明工匠"栏目的文章，不禁为许许多多三明工匠们把"不可能"变为"可能"的奇迹感叹。

沙县松川化工有限公司生产厂长郑总泉，能用耳朵破译故障"密码"。难道他有特异功能？非也！他之所以能用耳朵"诊断"故障，是因为十几年来工作精益求精，努力把事情做到极致，才练就了用耳朵判断设备运行状态的本领，让一般人的"不可能"在他这里成为"可能"。

古代有"庖丁解牛"和"卖油翁"的故事。庖丁追求极致，认真研究牛骨架构造，顺着骨间缝隙解牛，避免了刀与骨头硬碰硬。因此，技术一般的厨师每月就得更换一把刀，技术好的每年更换一把刀，庖丁却能创出"奇迹"：他的刀用了 19 年，所宰的牛有几千头了，但刀刃锋利得就像刚在磨刀石上磨好的一样。卖油翁也是因为追求把事情做到极致，不断用心练习，所以才能做到油从钱孔注入葫芦而钱没有湿。

笔者想起《挑战不可能》节目主持人撒贝宁说的一句话："任何行业、任何人当你把某件事做到极致时，你都能够挑战不可能，成就非凡。"参加《挑战不可能》节目的多数是普普通通的职业者，所练就的本领都是因为精益求精、追求极致，在职业生涯中一点点、一次次地磨炼、积累起来的。他们在平凡的岗位上把"不可能"变为"可能",让人体会到"三百六十行,行行出状元"这句话的可贵,也让观众感受到每个行业都有让中国骄傲的力量。

倡导"追求把事情做到极致"精神,是高质量发展的需要。过去,因"追求把事情做到极致"而创下了一个又一个中国奇迹。现在,在高质量发展,从制造大国走向制造强国的时代背景下,更需要在全社会树立"追求把事情做到极致"的共同理念。作为千千万万普通人的我们,必须在奋斗路上努力做到精益求精,追求极致,敢于挑战不可能。

倡导"追求把事情做到极致"精神,需要营造良好社会氛围。各级各有关部门,要努力为每个人创造追求极致,挑战"不可能"的条件。社会各界、各媒体更要大力宣传各行各业追求极致,把"不可能"变为"可能"的先进典型,让"追求极致"成为风尚,让"追求极致"精神焕发光芒。

（2018 年 7 月 3 日《三明日报》）

由小品《抢 C 位》所想……

　　猪年央视春晚小品《抢 C 位》中，几位家长为了孩子接受更好的教育，使出浑身解数，抢占 C 位。有的卖掉大别墅换成一套50 平方米学区房；有的辞职回家，专职辅导孩子功课。还有位家长为了让孩子上好学校而打三份工，却几个月见不到孩子一面，连孩子已经三年级了都不知道，开家长会竟走错教室。看完小品《抢 C 位》，令人发笑后深思。

　　不可否认，找所好学校、找个好座位对学生学习有一定的促进作用，但对学生成绩好坏起关键作用的是其内在的学习动力，以及学习方法、努力程度等。爱迪生才上小学三个月就退学了，凭什么他能居世界科学家、发明家的 C 位？靠的是其对世界充满好奇，靠的是其善于思考研究、刨根问底求答案的习惯，靠的是其"百分之九十九的勤奋"。因此，家长们的关注重点应是激发孩子不懈的学习动力和培养孩子良好的学习习惯，而不是拼尽全力去抢所谓的"学霸区"。若是如此，那么孩子在哪都可能是 C位。

　　凭什么居于 C 位？由《抢 C 位》引发了人们更多的深思和联想。

　　让人联想到演艺界的"抢 C 位"现象。明星在意 C 位，粉丝在意 C 位，把中间位置—— C 位视为大咖位，认为谁站 C 位，好像就证明谁有实力。于是演艺圈内有了"不想当将军的士兵不是好士兵，不想站 C 位的明星不是好明星"的可笑说法。殊不知，在老百姓眼中心中，只认你演技如何，是否德艺双馨。表演艺术家牛犇虽然扮演的人物大多是银幕配角形象，但他都认真对待，把精力花在演技的精进上，塑造一个角色成功一个。不少像牛犇一样的表演艺术家一辈子兢兢业业地刻画小人物，却硕果累累。德艺双馨的他们演的虽不是主角，但他们是人民心中的主角，他们站在哪，哪就是 C 位。

2017 年 11 月 17 日，参加全国精神文明建设表彰大会的 600 多名代表合影时，全国道德模范代表黄旭华和黄大发两位老同志被党和国家领导邀请坐到自己身边。93 岁的中船重工 719 研究所名誉所长黄旭华，是大名鼎鼎的"中国核潜艇之父"，虽已至耄耋之年，仍旧坚持周一至周五每天工作半天，上午 8 时 30 分准时到办公室。来自黔北山区的村支书黄大发，用 36 年干了一件大事：绝壁凿水渠。黄大发用半辈子，领着村民彻底打破了山村干渴的"宿命"，打开了脱贫致富之门。黄旭华、黄大发两位老人的事迹令人佩服，凭此，他们在人民心中，都居于 C 位。

站到 C 位当然是大多数人所想。进入新时代，对党员干部而言，凭什么居 C 位？关键是要做到以"中国梦"导引航程，靠创新决胜未来，用实干描绘盛景；要做到不驰于空想、不骛于虚声，"为官一任，造福一方"，以为老百姓谋福祉为自己从政为官的追求。如此，就能实实在在地干一番事业，创一番业绩，取得人民群众的真心认可，受到人民群众的尊重，在人民群众心中居于 C 位。

因此，C 位可以争取，但需知道什么是真正的 C 位，还需明白你凭什么争取 C 位。

（2019 年 4 月 4 日《三明日报》）

由快递小哥获评高层次人才所想

近日来，在浙江杭州打工的快递小哥李庆恒走红网络，引发了社会关注。李庆恒今年被评为杭州市 D 类高层次人才。根据杭州市此前公布的人才引进措施，他将享有 100 万元购房补贴。这对李庆恒来说是件天大的喜事，他的匠心、敬业、技能得到了巨大的肯定和鼓励，同时也让他的杭州"安家梦"变得触手可及。快递小哥获评高层次人才，让笔者产生诸多联想。

快递小哥获评高层次人才，激励了各行各业的人匠心干事。李庆恒从事快递分拣员工作 5 年多，为做到准确无误地进行快速分拣，熟背全国城市区号、邮政编码，无论快件上标的是城市、区号、邮编还是航空代码，他都能牢记。他加强实操练习，参加"浙江省第三届快递职业技能竞赛"拿了第一。李庆恒的故事启示我们，成为人才的通道很多，关键是无论从事什么行业，都要干一行、爱一行和钻一行，努力把事情做到极致；李庆恒的故事也激励着各行各业的人们：只有匠心干事，才能不断突破自己，获得认可，成就精彩人生。

快递小哥获评高层次人才，说明通过不断改革，新的人才评价机制正日趋完善，更为科学合理。随着社会的发展，新兴行业不断涌现，只有打破"万般皆下品，唯有读书高"传统人才观念的桎梏，突破以往唯论文、唯职称、唯学历等人才认定标准，使人才认定、激励更加多元、开放，让各种各样的人才得到社会的肯定，才能促进包括快递业在内的各新兴行业人才不断涌现、脱颖而出。用更加完善、更加科学的人才评价机制激励各行各业的匠人和领军人才，无疑将能更好地"聚天下英才而用之""让人才活力澎湃奔涌"。

经济社会事业要高质量发展、高效运行，既需大批科学家、无数管理人才，也需各行各业的操作能手。因此，我们要根据发展的新需求，建立和完善包括快递行业在内的各新兴行业人才评价机制，如此，才能激励更多的李庆恒脱颖而出，为社会贡献更大力量。

（2020 年 7 月 28 日《三明日报》）

由外卖小哥陶帅辰"先努力优秀"所想……

据媒体报道，6月7日高考第一天，早上8时20分，辽宁沈阳浑南区第四中学考点，外卖小哥陶帅辰骑着送餐电动自行车急匆匆赶到。"我是考生，现在进场还来得及不？"考点外值守的志愿者安抚他："来得及来得及，别落下东西。"随即，他整理好口罩，拿起资料袋，径直走向交警求助："您好，我没有陪考家长，请您替我保管下手机。"说完把手机递给交警，快速跑进了考场。

人们注意到：在陶帅辰电动自行车车身、送餐箱，甚至头盔上，都贴满了励志车贴："生命因坎坷而精彩""学习要紧""先努力优秀，再大方拥有"……送餐车上有两个送餐箱，其中一个塞满复习资料。

这一幕让人动容。外卖小哥积极向上，"先努力优秀"，保持奋斗姿态为梦想而战的精神令人钦佩，更令人深思。

听说过一个故事：一位毕业于国内顶尖大学的37岁女硕士，在外企一个毫不起眼的职位"躺平"，舒适地待了近10年，因为裁员不得不重新发帖求职。人们认为，她的求职信息应该是一则符合她硕士身份的，而当大家看到她对薪酬要求是月薪3000元时，大跌眼镜！

还有一个家喻户晓的励志故事：昔日"红塔大王"褚时健75岁高龄时，携着妻子一同开山种橙子，经过10年打拼，种出了人人称道的"励志橙"——"褚橙",产品供不应求。

每一个美好的结果都源于艰辛奋斗。社会不断向前,知识不断出新。要掌握命运主动权,就要积极向上有梦想,不甘于当下水平,不断学习不断提升,不断让自己成长;要敢于向困难挑战,敢于拥抱变化,不断寻找新可能、新机会。唯此,才有为自己争取更多向上空间和改变命运的可能,就像褚时健,就像陶帅辰。

如若像 37 岁女硕士安于现状"吃老本",不学习,不奋斗,把能力定格在现有水平而高枕无忧,虽然在一段时间内可以"岁月静好",但在这飞速发展的社会中,终将因不进则退而落伍。

心理学家米歇尔曾在 653 名幼儿园孩子中,做了一个"延迟满足"的著名实验。他告知孩子们,成功延迟想吃棉花糖欲望的将得到奖励。最终只有三分之一的孩子得到奖励。追踪调查,这三分之一的孩子学习成绩、解决问题能力、人际关系等诸多方面都表现得更加优秀。这一实验告诉我们:能够放弃即时满足抉择的人,将获得更有价值的长远结果;想要更加美好结果,就要推迟满足感,不做"先吃糖的人"。

一日难再晨。想要成就更加美好人生,就要努力做个成长型的人,保持积极向上奋斗姿态,就像外卖小哥陶帅辰"先努力优秀",抓住当下,刻苦学习,努力提升。

（2022 年 6 月 15 日《三明日报》）

青年成长与破局思维

3月10日，《三明日报》以《成长，就是不断破局》为题，报道了范芃缘、范志煌、苏辰等三位青年在艰难时刻，破局向前的故事。成长与破局是年轻人必须面对的课题。

每一个人成长过程中，都会遇到这样那样的困境。怎样走出困境？答案就是破局。所谓局，就是系统。破局，就是打破现有系统，进入更大的系统。比如，钥匙落在房间，你进不了，可以打电话让开锁公司来开门。原来只有钥匙和房间的局，现在多了开锁公司，原来的局扩大了，问题解决了，这就是破局。

要破局，首先要有破局思维。所谓破局思维就是指意识到自己目前的某方面思维正处于一个很难脱离的负循环中，而为此做出的思维转换和学习实践，来尝试突破。笔者认为，破局思维的关键是瞄准目标，打破惯性思维，敢于独辟蹊径。

当年有不少贵族对航海家哥伦布的成功不以为然，有人指着一颗煮熟的鸡蛋向他发难："你能让这枚鸡蛋立起来吗？"哥伦布将鸡蛋猛地往桌上一磕，鸡蛋稳稳地立在桌面上了。不破不立、敢于打破惯性思维是哥伦布思维最可贵之处。当小伙伴掉进水缸时，其他人有的哭，有的喊，有的去找大人帮忙，只有司马光抱起大石头往水缸砸，小伙伴得救了。司马光砸碎的不仅是一口水缸，更重要的是独辟蹊径，打破了惯性思维。

大卫·舒尔茨在《大思想的神奇》一书中说:"决定成功的因素中,体力、智力、精力、教育都在其次,最重要的是思想的大小。"爱因斯坦说过:"某一个层次的问题,很难靠这一个层次的思考来解决。"的确,很多时候,人与人的最大区别就在于思维方式的不同。真正的高手,都有破局思维。

苏轼诗句"不识庐山真面目,只缘身在此山中"蕴含着哲理:认识事物的真相与全貌要超越狭小的范围。王之涣诗句"欲穷千里目,更上一层楼"蕴含着哲理:登高才能看得远。人生也正如此,只有不断地向上进取,才有可能高瞻远瞩。两位大诗人的诗句虽说法不同,但共同揭示了一个理:不论是认识事物还是人生进取,都要有破局思维。

新青年要不断成长,就要不断破局,就要善用破局思维。遇到问题时,将自己的思维提高一个层次去审视,以更高层次、更宽视野去思考、去观察事物,才能认清事实的真相,才有可能顺势而为,改变现状。许多破局高手并不是能力特别强、智商特别高、定力特别好,只是他们思考比常人更深,敢于独辟蹊径,善用破局思维。人和人命运之所以不同,很大原因是破局思维的水平不同。破局思维是人生成长的王牌。

范芃缘站到更高一个层次审视和思考眼前的困境,"允许一切发生",努力生活,好好学习。苏辰站到更高一个层次审视和思考眼前的困境,相信"如果生活把你抛入最低谷,也一定给你留了上坡的路"。范志煌从投资网红店失败到另辟蹊径,去龙岩找人学习卤汁和捞汁,破局走向了新的创业之路。他们的一个共同特点就是:善用破局思维,从而走出困境,收获成长。

(2023年3月24日《三明日报》)

勇于担当绽放青春光彩

3月24日，本报"新青年"版报道：三元区洋溪镇新街村工作的选调生王鹏、永安市公安局刑侦大队副大队长邓高峰，他们在各自岗位上拼搏奉献，展现青春力量。王鹏用实干书写"青春志"、邓高峰成为硬核"捕头"，他们虽然岗位不同、事迹有异，但都彰显出新时代青年的勇于担当精神。

什么是勇于担当？当年，三明老区苏区出现"父送子""妻送夫""兄弟双双当红军"的感人场面。众多热血青年为了人民翻身当主人，在党旗、军旗指引下，毅然踏上革命征程，这就是勇于担当。当年，国家一声令下，一群被信念、使命、理想照亮的青年，立即"国有召唤，我必奔赴"。从上海、从全国各地来到三明支援福建省工业基地建设，这就是勇于担当。如今，大批青年拼搏在三明的各条战线，用实干书写"青春志"，这就是勇于担当。

勇于担当是新时代青年的使命要求。党的二十大报告指出，"青年强，则国家强""广大青年要坚定不移听党话、跟党走，怀抱梦想又脚踏实地，敢想敢为又善作善成，立志做有理想、敢担当、能吃苦、肯奋斗的新时代好青年，让青春在全面建设社会主义现代化国家的火热实践中绽放绚丽之花"。使命光荣，新时代青年就应勇于担当。正如王鹏所思所言，要"坚守为人民谋幸福的初心，牢记为民族谋复兴的使命，将个人理想、人生价值与国家的事业发展、中华民族的伟大复兴紧密联系在一起"，要当好"将中华民族伟大复兴重任扛在肩头的伟大角色"。

勇于担当，才能更好地绽放青春光彩。"勇于担当"是"有所作为"的前提条件。我们常说：有多大担当才能干多大事业，尽多大责任才会有多大成就。的确，新青年只有树牢"天降大任于斯人"的勇于担当理念，才能进一步激发履职尽责、服务群众、干事创业、奉献社会的热情，才有可能更好地书写"青春志"。勇于担当，是一种责任、一种精神，更是一种格局。格局大，才能以更高的站位看问题，空间上，站在全局看局部；时间上，顺应大势看当下。由此，工作才会更有预见性、前瞻性、高效性。新青年生逢其时，施展才干的舞台无比广阔，实现梦想的前景无比光明。只有勇于担当，才有可能在谱写中国式现代化的三明篇章中更好地展现青春力量、绽放青春光彩。

（2023 年 4 月 21 日《三明日报》）

调整心态与付诸行动

4月7日，《三明日报》以《好心态成就好未来》为题，报道了林晓曲、汤沛涵两位青年面对困境，调整心态，付诸行动，做好当下，走向美好的故事。

你有什么样的心态，决定你会做出什么样的行动反应，你行动反应的叠加将影响你做事的结果，而做事的结果又会反过来影响你的心态。

每个人都有遇到困境的时候，难免产生迷茫焦虑、患得患失、情绪低落的不良心态。如何调整心态是我们必须面对的问题。

关于调整心态办法，心理专家给出了许多招数：让自己不要总是想着难题，转移注意力；不走极端，不钻牛角尖；让自己生活简单，富有情趣；相信事情可以改变，终将变好；确信任何痛苦和逆境都有意义，尽量找出它们的意义；不苛求自己，知足常乐；勇于行动、敢于尝试……这些办法都有效，但我认为最有效的办法是勇于行动、敢于尝试。

没有付诸行动，就可能一直处于迷茫焦虑。一对彼此喜欢对方的年轻人，如果双方光是想，怕对方拒绝，不敢行动，不敢表白，那最终的结果只能是错过。有的人想学习提升，却一碰问题就止步不前，不愿吃苦；想打球，却怕打不好被人笑话，不敢上球场；想河里畅游，却怕被水呛着，不敢跳入河中……患得患失，光想，就不行动，最终理想成空想，日无所进，迷茫仍在。

其实，人很多害怕的事情是自己吓自己。与其迷茫焦虑、患得患失，不如付诸行动。高尔基说过："在生活中，没有任何东西比人的行动更重要更珍奇了。"的确，如果你想摆脱目前困境，就要敢于面对困难，认清问题根本，找出解决办法，勇敢地去行动，去尝试，并且趁早行动，不是明天又明天。也许行动可能失败，但怕什么，至少发现了一条走不通的路，再另辟蹊径就是了。况且发现"此路不通"也是一种收获。先要大胆地表白，才有恋人走向婚姻殿堂的美事；先要奔向球场，才能享受球场上飞扬的快乐；先要跳入水中，才能领略河里畅游的欢喜。不行动永远"不行"；只有行动，才能发现自己哪"不行"，哪"能行"。

而发现"能行"之处，必将大增自信心，助力走出迷茫焦虑，进而不断从成功走向成功。著名作家毕淑敏说得好："成功好比是一座小山，一个准备走得很远的路的旅人，站得高了，才会看到目的地的篝火。他会加快自己的脚步。"

林晓曲寻得同学帮助，调整心态，改变自己，尽全力做好当下的事情，从而"学习和生活都有条不紊地向着更好的方向发展"。汤沛涵，遇事不责怪，不抱怨，坦然面对，调整心态，与小组同事齐心协力加紧"补救"，最终如期完成任务。林晓曲、汤沛涵，他们的故事情节不同，但都证明了一个道理：调整心态，付诸行动，才能成就更加美好未来。

因此，让我们牢记：调整好心态，幸运才会降临；付之于行动，机遇才会笼罩着你。

（2023 年 5 月 19 日《三明日报》）

知识输出与快捷成长

7月14日，《三明日报》以《青春是茶越品越香》为题报道：正值暑期，福建农林大学资源与环境学院的大学生"三下乡"实践队，走进尤溪红茶科技小院，利用自身所学探讨茶园环境改良方案、弘扬茶文化精髓，在基层一线厚植爱农情怀，在知识输出过程中收获了成长——练就兴农本领。

知识输出是指将理论学习获得的知识运用于实践，让知识变为解决问题能力的过程，就如大学生"三下乡"实践队利用自身所学探讨茶园环境改良方案。快捷成长，是指人们能力快速提升、向目标快速靠近的变化过程。

知识输出是个"知识变能力才干"的转化过程。"是骡子是马，拉出来遛遛。"这句话意思是：不要只是口头上说，一切都要看实际结果，要看事实而论。同理，所学知识是否化为能力才干，要看知识在实践中是否能够灵活运用，用出成效。《格局逆袭》一书提道："结果才是第一位的，努力只是对成功的解释。"有些人把过程当作结果，把努力学习当成目标，这显然是错了。把结果当目标，把知识学习当输入过程，把知识输出当转化过程，这才是正确做法。知识输出，才能在不断实践过程中让知识得到消化，让知识系统化，让所学知识化为解决问题的真功夫。

知识输出是一个倒逼学习提升能力的有效办法。人的能力提升包括两个重要的过程：知识输入和知识输出。现实中有些人注重知识输入，却忽略了知识输出；也有些同志常常想等到"学好了""万事俱备了"再输出，结果一直在"等待和准备的路上"。殊不知，在知识输出实践过程中，在解决这样那样问题过程中，才会更加容易发现自己所学之不足，而这时"输出倒逼输入"的梳理式、补缺补漏式的学习将让人"醍醐灌顶"，所学知识瞬间化为自身血肉。俗话说得好：完成先于完美，心动不如行动！只有行动起来，知识输出，才能验证所学知识"是否真掌握"，才能将知识化为自身力量，化为自身能力。新青年重视知识输出，才能快捷成长。《绝非偶然》一书讲述了知识星球中的众多星球星主个人经历。他们中有各种学霸一路无敌，也有各种学渣人生逆袭，虽然各自经历不同，但有一个共同特点，那就是"输出"。他们把自己的各种感悟，不管是读书所得，还是人生经历，抑或是某些技术知识，统统地输出。他们的经历充分体现了"重视知识输出，才能快捷成长"的道理。青年兴则国家兴，青年强则国家强。青年一代只有重视知识输出，才能不断提升能力，贡献社会，靠近梦想，快捷成长，进而让青春之茶越品越香。

（2023 年 8 月 11 日《三明日报》）

第五辑

强身健体

爱上体育何须理由

每个人爱上体育运动的理由各不同。若问为什么。

有人说：体育运动让人健康、青春、活力、阳光。

有人说：爱体育，就是爱生命。热爱生命不需要理由。

有人说：体育运动不仅能够让人保持身体健康，而且能让人身材保持健美。

有人可能回答：大汗淋漓的体育运动之后，彻底释放一下自己的情绪，能够把不好的心情抛到九霄云外。

有人可能回答：在自己所钟爱的体育运动中，个人的特长可以得到淋漓尽致地发挥，可以展现一个更好的自己。

有人可能回答：体育是不伤友情的运动，"友谊第一，比赛第二"。玩时是对手，玩后就握手。

也有人会说：就是为了享受，享受运动带来的浑身畅快之感，享受团队的合作精神，享受运动场上那种紧张激烈而又充满欢乐的氛围。

还有人会说：人生要有不服输的斗志，体育运动特别是体育比赛可以把人的斗志激发出来，让人勇毅、执着，敢于拼搏，勇于挑战。

伏尔泰说：生命在于运动。人们谈的这些让人爱上体育运动的众多理由，也从不同侧面彰显了体育运动的魅力。关于体育运动魅力，现代体育之父顾拜旦在《体育颂》中抒发道："啊，体育，天神的欢娱，生命的动力。你猝然降临在灰蒙蒙的林间空地，使受难者激动不已。你像是容光焕发的使者，向暮年人微笑致意。你像高山之巅出现的晨曦，照亮了昏暗的大地……"

毛泽东不仅说出了人们爱上体育运动的理由，而且说得富有哲理。他说，体育运动可以让人"文明其精神，野蛮其体魄"。他在《体育之研究》一文中富有哲理地写道："勤体育则强筋骨，强筋骨则体质可变，弱可转强。"正是体育运动这诸多让人爱上的理由，使越来越多的人踏进田径场，攀登向高峰，跳进游泳池……从而提高了人们的健康水平和幸福指数，让人们的生活质量越来越高，让人们的寿命更长。

人们爱上体育运动的理由，是有关部门和单位开展体育活动的参照。参考依据这些理由，体育活动的组织就能做到更有针对性。面对太极拳爱好者可组织他们在"双手一推，以柔克刚"中展现风采，面对登山爱好者可组织他们享受领略"一览众山小"的快乐，面对游泳爱好者则可激发他们跳进泳池搏击比拼的热情……

虽然人们爱上体育运动理由各不相同，但都可以在运动场上有所收获，这也是体育运动的真正魅力所在。让我们走进运动场，畅享体育运动的无限精彩。

（2021 年 6 月 17 日《三明日报》）

假如没有体育

跑步使人在勇往直前中获得愉悦，打球让人在竞技争夺中畅享欢乐，游泳令人在碧波搏击中身心陶醉，登高叫人在尽赏万物中心旷神怡……

假如没有体育，人们的多彩生活将大为减色，少了许多乐趣。正如现代奥林匹克运动之父——顾拜旦所言："啊，体育，你就是乐趣！想起你，内心充满欢喜，血液循环加快，思路更加开阔；条理更加清晰。你可使忧伤的人散心解闷，你可使快乐的人生活更加甜蜜。"

假如没有体育，会影响到人们健康身体这一"革命本钱"。通过科学组合的体育锻炼，能促进身体在形态结构、生理机能等方面适应性和趋优变化，从而增强体质，增进健康。"野蛮其体魄"，增加身体正能量。

假如没有体育，人们还会失去一系列滋养精神，汲取蓬勃向上的能量的机会。比如登山运动时，只有坚持，最后才能享受高山峰顶的别样风光，才能与"无限风光在险峰"产生共鸣，滋养坚持不懈、意志顽强的精神，让心志更加强大。

假如没有体育，人们将失去许多交往际遇。没有参与"友谊第一，比赛第二"的体育竞技，可能失去结交新朋友的机会；没有参与体育竞献技艺，哪怕身怀绝技，运动天赋再好，也难以让自己脱颖而出、发光闪亮……

假如没有体育，哪来体育产业和"体育+"融合发展？假如没有体育，怎么可能有"全民健康"？假如没有体育，哪来给予中国人民巨大鼓舞的精神财富——女排精神？

假如没有体育，国家之间、民族之间，就少了一条建立友谊、化解矛盾的通道。古希腊伊利斯与斯巴达两大城邦之间不断的战火，因四年一次举办的奥运会"神圣休战"至而熄灭。不仅奥林匹亚山成为不可侵犯圣地，而且奥运的圣火传到哪里，哪里就不再枕戈待旦，哪里就一片祥和。这个盛会延续至今，已成为世界沟通的重要桥梁，成为弥合纷争、化解歧见的珍贵力量。

如今，各种各样的体育运动盛会也是社会文化交流的盛会，它为人们提供了文化和情感交流机会，是人们向世界展示自己国家和民族文化风俗、精神风貌的舞台。体育，人们难以少你，世界不可缺你。

（2020 年 12 月 31 日《三明日报》）

健身启迪人生

近来，与朋友谈健身话题，每个人都有聊不完的健身感悟。健身如何启迪人生？笔者试总结几点，与读者一起共享。

克服困难阻力，意味着成长进步。几位健身教练介绍，要想通过健身长肌肉，增力量，就必须进行抗阻力锻炼。这启示我们：没有轻轻松松的成功；生活中，如感到有阻力、有困难，大多证明你在走上坡路；而顺畅，则说明你可能在走下坡路；成长进步的过程，就是努力克服阻力、克难困难的过程。

躬身投入实践，方能改变自己。健身是种体验性运动，只有亲身参与才有可能体悟其中的神奇。比如，你虽适合跑步的健身方式，然而即使你竭尽全力，也许还跑不过别人，因为这世界上总会有人比你更强、跑得更快，但我们不能因此就放弃奔跑。只要你跑起来，明天的你身体一定会更强起来。这启发我们：也许你改变不了世界，但只要你行动起来，投入实践，就一定能改变自己；世界上能成就你的就是你自己，关键是你要躬身投入实践。

锁定目标不同，则选择方法不同。健身中，要提跑速，可通过练习短跑来实现；要练耐力，可练长跑。要在长跑中获得好成绩，不能以百米冲刺的速度来完成；要在百米短跑中取得好成绩，也不能采取长跑的策略。练肌肉力量与练肺活量的方法也不同。这告诉我们：需解决的问题不同，锁定目标不同，选择的方法也应不同。俗语"一把钥匙开一把锁"说的也是这个道理。

如要获得成功，坚持积累很重要。工程师卡茨是个肥胖的宅男，给自己列了一份 30 天的变好计划。与健身有关的有两项：坚持骑车上下班，每天走路 1 万步。按计划行动 30 天后，结果，卡茨果然变得比较健康。卡茨的故事给我们诠释了坚持的重要性。任何事情，都遵循着由量变到质变的规律；要取得质的变化，获得成功，就必须有一天一天日积月累的坚持。

当然，健身带给我们的人生启迪还有很多很多，每个人也都有每个人的健身感悟。投入健身运动，不仅让自己身体"强起来"，享受健康幸福人生，还能意外收获一些"人生启迪"，真是快哉！

（2018 年 9 月 4 日《三明日报》）

漫话健身运动

爱因斯坦说："我生平喜欢步行，运动给我带来了无穷的乐趣。"普希金说："生活多美好啊，体育锻炼乐趣无穷。"健身运动，自古有之。在古希腊，人们特别崇尚体育健身运动。他们认为，没有受到正规运动训练的人是没有教养的人，而体育比赛中的优胜者受到崇拜，常常会为他塑像以表示赞誉。在我国古代，五禽戏、太极拳、蹴鞠、摔跤、骑射、水球、拔河等，都是人们喜欢的健身运动项目。宋代大诗人陆游在《晚春感事》中，就写了他少年时在咸阳观看足球（蹴鞠）比赛的热闹情景。诗曰："少年骑马入咸阳，鹘似身轻蝶似狂。蹴鞠场边万人看，秋千旗下一春忙……"

夏季奥运会、冬季奥运会、亚运会和全运会等大型运动会举办时，运动健将成为人们追捧的"明星"，激发了人们参与健身运动的激情。2009年8月8日首个"全民健身日"活动开展以来，各地通过推广健康生活理念，将健康向上的体育精神传给公众，并为广大群众健身运动创造各种条件。这不仅提升了人们健身运动的热情，也推动了健身运动渐成新时尚。

当然，健身运动之所以成为新时尚，除了以上所说的外因，笔者认为，还缘于以下几方面的内因：健身运动能够"强筋骨"，增强人们的体质；能够"增快乐"，促进体内多肽物质——内啡肽的释放，让人们心情更加舒畅、精神更加愉快；能够"强意志"，有利于培养人们克服困难，磨炼刻苦耐劳的精神；再就是，新时代人们生活水平不断提高，更加注重生活品质……正是一系列内外因的作用，推动了人们更加自觉奔向运动场，挥汗畅享健身的快乐。

健身运动成为新时尚，不仅有利于健康中国建设，而且有利于推动经济发展。随着人们"花钱买健康"的消费意识不断提高，健身的热潮出现，体育用品消费成为市民的时尚消费，各种体育用品琳琅满目，大小体育场所、健身房等熙来攘往、门庭若市……全民健身运动带动了体育产业的蓬勃发展。

国家体育总局的科研专家说："世界上没有一种休闲手段能像时尚体育那样具有如此众多的功能，使你变得更加强壮、健美、快乐、充实、高雅、满足、坚强，以更好的体力和心情来迎接新的工作和生活。"民间也流传："个人健身，助家庭兴旺；群众健身，助社会兴旺；全民健身，助国家兴旺。全民健身好，幸福来缠绕！"让我们共同参与，融入健身运动的时尚大潮，奔向运动场。

（2022 年 8 月 25 日《三明日报》）

漫话步行健身

当下，步行健身已成为许多人选择的运动项目。世界卫生组织也指出："人类最好的运动是步行。"而谈到步行健身也要讲科学，有人会说，不就是走个路吗，最简单的健身运动，还要讲什么科学？殊不知，想要通过步行健身获得好效果，这里头还真有学问。

有报道称：某地组织步行活动，有一患有严重高血压病的中年人执意参加，半途突然晕厥抢救无效，造成了无法挽回的悲剧。造成悲剧的原因之一就是这位中年人，没有做到步行健身讲科学，没有根据自己身体状况把好"度"。由此可见，步行健身虽简单，但方法不当也会出问题。

卫健部门曾发出"日行一万步，吃动两平衡，健康一辈子"的倡议，也就是每天步行一万步是比较符合健康学的。除了步数，步行速度也有讲究。一般而言，步幅小、速度慢、心跳缓的慢速走（70—90 步 / 分），更利于胃肠蠕动和消化，活动后稍微出汗，适合体质虚弱者；步幅适中，速度稍快，心跳加速的中速走（90—120 步 / 分），非常利于增强心肺功能和血液循环，活动后出汗多，大部分人都适用；步幅大，速度快的"大步流星"快步走（120—140 步 / 分），活动后大汗淋漓，消耗体力大，非常利于消化和减肥，而体质弱者、患严重高血压病者则不适合。因此说，步行速度的选择因男女老幼而异，因人体质而异。

步行姿势的作用也出人意料。假如拖着脚，低着头，慢悠悠地走，不仅运动效果差，而且给人一种消沉的感觉和负面的心理暗示。假如摆动双臂，后背挺直，挺胸抬头地走，不仅有利于增强心肺功能，加快血液循环，活跃大脑，增强记忆力，而且上肢也得到一定的锻炼，更给人以快乐、自信、积极向上的感觉和心理体验。可见，步行姿势不同，健身效果和心理体验迥异，调整好自己的走路姿势也不是件小事。

步行健身的时间、地点选择也要讲科学。什么时间比较好？有专家指出，最佳时间是早上，这一时段不仅空气更新鲜，还利于人的阳气上升，使身体变得更加活跃。如工作忙时间不允许，也可晚饭之后，稍微休息再出去走走。去哪步行好？理想场所应该是空气清新的公园、山上、河边、湖边等处的绿道，或郊外空旷地。要避开机动车废气多或其他空气很差的地方。当然，步行健身还要选合适的鞋子，适当地补水。

（2022 年 9 月 8 日《三明日报》）

让健身成为习惯

8月8日是全民健身日。从2009年起设立的"全民健身日",既是为纪念2008年北京奥运会成功举办——中华百年奥运梦圆时刻,更是为让体育回归本位,将健康向上的大众体育精神传达给公众,推广健康生活的理念,呼吁全民走向运动场,走进健身行列。

全民健身日到来之际,全市各级组织举办丰富多彩的健身活动,各种健身节日福利纷至沓来。人们纷纷走进运动场,在感受健身运动带来快乐的同时,把健康带回家。

全民健身工作,既要建设和完善群众体育基础设施,为全民健身提供保障,又要提升全民的锻炼意识,更要人们落在行动养成健身的习惯。

从外部保障来看,我市各地通过持续建设群众身边的体育健身设施,为全民动起来创造了良好的条件。如,沙县持续建设和完善各类群众体育健身设施,同时还打造城区"十分钟绿色休闲圈",城区内居民只需步行十分钟左右,就可以抵达一个公园。即将完工的沙县"一河两岸"景观改造工程,以及正在建设的七峰叠翠风景区建设项目,又为"休闲圈"壮体。这些地处城区的公园、风景点既是沙县亮丽的风景,又是群众"运动在林中、林中来休闲"的城中花园。在沙县,不管是竞技体育项目,还是散步、慢走等休闲运动，群众都能根据自己的喜好找到适合自己的健身去处。全市各地正如沙县一样，把全民健身场地建设作为民生工程，努力建早建好，也让市民在共享体育事业发展成果过程中增加了获得感和幸福感。

但从人们锻炼意识和习惯养成来看，各年龄段或者说各群体不平衡，总体呈年纪越大越重视，年纪越小越"忽视"的规律。不是吗？早上起来锻炼的主要是大爷大妈们，晚上老大爷散步跳舞居多，而大妈们跳起广场舞来个个都是年轻状。可以说，他们是健身运动最活跃群体。再说中青年群体，他们正处身体最强时期，健身意识也较强，只因为在家和单位是中坚力量，经常因为"忙"而把健身运动时间压缩再压缩。而学生群体中，大学生锻炼意识和习惯较好，薄弱的是中小学生。家长对中小学生阶段子女最为关注的是长"成绩"，健身锻炼靠后考虑，甚至根本没想到。

2016年6月，国务院印发《全民健身计划（2016—2020年）》，将发展群众体育、倡导全民健身新时尚作为重点内容，让群众享受健身运动，感受健身带来的快乐。让群众养成健身习惯，为健康加油，这也是推进健康中国的题中之义。

全民健身需要各级政府和有关部门的努力，更要每个公民的积极参与。生命在于运动。参与全民健身是每一个国民的责任，对国家负责，也是对自己对家人负责。正如孔子所说："身体发肤，受之父母，不敢毁伤，孝之始也。"

让我们以全民健身日为契机，认真审视一下我们工作中的薄弱环节，继续探索推进全民健身的有效途径，努力让健身成为全民的习惯，让健身为公民健康加油，为健康三明加油，为健康中国加油。

（2017年8月1日《三明日报》）

体育不妨多点智慧

1984 年，在东京国际马拉松邀请赛中，名不见经传的日本选手山田本一出人意料地夺得了世界冠军。记者问他凭什么脱颖而出，一举夺冠。"凭智慧战胜对手"，他淡淡一笑。

人们以为他是故弄玄虚，难以相信。因为大家都知道，马拉松比赛，首先比的是体力和耐力，其次是速度与爆发力，说"凭智慧战胜对手"显得牵强附会。

10 年后谜底揭开，人们信了。山田本一在自传中写道："每次比赛之前，我都先乘车把比赛线路先仔细看一遍，并把沿途醒目的标志画下来""比赛开始后，我就以百米冲刺的速度奋力向第一个目标冲去，到达第一个目标后，我以同样的速度冲向第二个目标——40 多公里的路程就被我分解成这么几个小目标轻松地跑完了。"人们明白了，山田本一"凭智慧战胜对手"，这"智慧"就是将目标化大为小，从而避免"被前面那遥远的路程吓倒了"。

山田本一将目标化大为小的道理同样适用于我们的健身活动。我们健身锻炼，大多也有明确的"大目标"——减肥减脂，锻炼肌肉，强健体魄。然而不少人虽有健身大目标，但由于没有具体小目标，锻炼计划不够细化，导致健身过程中或"三天打鱼两天晒网"，或感觉"远大目标"遥不可及而失去信心。

那么，如何将健身目标化大为小？笔者认为，至少就要做到四点：要让小目标简单点、具体点，甚至细化到每天健身活动的项目和时间，简单而具体的小目标难度小"够得着"，去实现它才更容易些；要让健身小目标与我们的生活无缝衔接，与生活无缝衔接的健身活动，才会让我们感觉更轻松；要适当参加一些健身赛事，通过参加赛事，将让健身锻炼更具目标感，更富激情；还要做到自律，坚持努力完成好制定的一个个小目标，才能通过实现"小目标"来成就"大目标"。

生命在于运动，健身已成为我们的"刚需"。苟日新，日日新，又日新。我们只有善于将健身目标化大为小，才能在日日"小进步"中增强自信，感受健身带来的健康和快乐，进而轻松练就更加强健的体魄。

（2020 年 4 月 16 日《三明日报》）

足球盛宴　滋养精神

　　近来，俄罗斯世界杯足球赛无疑是个热门话题。小小的足球在充满无限可能的绿茵场上，向坚定者、奋进者、搏击者敞开了希望的大门。这场足球盛宴也是场滋养精神的盛宴。

　　坚持不懈，才能实现从量变到质变的飞跃。6 月 15 日，B 组小组赛中，当葡萄牙球员 C 罗顶着巨大压力罚进那记美妙弧线的任意球时，电视解说员情不自禁地吼出："翩若惊鸿，婉若游龙！" C 罗的任意球不是"任意"得来的，之所以这么厉害，源于其持久而艰苦的训练。教练卡多索回忆："他 16 岁时，就会在训练结束后主动练习任意球，直到球场上最后只剩下他一个人。"因为有坚持不懈训练的"量变"，最后才有高水准的任意球射术的"质变"，这就是 C 罗给我们的启示。

　　意志顽强，是取得辉煌战果的信念保证。要取得辉煌战果，没有顽强的意志是不行的。小组赛第二轮比赛中，德国队先失一球，下半场扳平，又进行激烈的加时赛。这时，双方不仅经受了体能上的考验，而且此时更是精神紧绷，承受着巨大心理压力。这种情况下，在补时结束倒数第 15 秒时，克罗斯进球绝杀，完美地诠释了其冷静、顽强的"德国精神"，生动诠释了"意志顽强，是取得辉煌战果的信念保证"这一道理。

　　勇于拼搏，才能在绿茵场上"出彩"。本届世界杯开赛以来，

"以弱胜强"屡有发生。7月1日，1/8决赛中，俄罗斯队勇于拼搏，战胜了"斗牛士军团"西班牙队，创造了以弱胜强的经典之战。还有，墨西哥队以机智灵巧的拼搏让德意志战车步履维艰，瑞士队的平衡压迫打拼让桑巴军团疲态尽显，等等。每一次进球都是一个精彩故事，每一个拼搏的身影都彰显着打动人、感染人、激励人的精神力量。正是有了勇于拼搏精神，才演绎了绿茵场上的一次次"出彩"。

决定一场足球比赛胜负的因素有很多，既需要球队正确的战术、球员过硬技术、团队整体配合，也需要坚持不懈、意志顽强、勇于拼搏等精神。观看世界杯足球赛，每个人有每个人的感想收获。在欣赏那盛产英雄、锻造"更高更快更强"精神的足球赛的同时，人们还能从中汲取蓬勃向上的正能量，滋养奋发向上精神，这也是世界杯足球赛的魅力所在。或许也是你醉心畅享足球盛宴的原因之一，对吗？

（2018 年 7 月 10 日《三明日报》）

假日团聚莫忘加道健身"菜"

中秋假日、国庆长假即将到来，又将迎来一个家人团聚的高峰期。享"舌尖"美味、聊天、看电视等是人们假日团聚的传统活动习惯。于是，一些同志把平日的健身活动习惯置于脑后，导致"每逢佳节胖三斤"。

令人欣喜的是，随着人们思想观念和生活方式的不断变化，特别是全民健身日设立以来，人们健康意识逐渐增强，健身渐渐成为人们假日团聚重要的一道"菜"。一家人或几个亲朋好友，一起散散步、打打球、跳跳舞……成为许多人假日团聚活动的重要选项。"团聚吃饭＋健身出汗"渐成风尚。

俗话说："健身不断，健康相伴""天天练身子，远离药铺子"。健身应成为人们每天生活的重要内容，迈开步子动起来的健身活动习惯不能因假日团聚而改变。健身不断，才能享有健康，才能享有幸福。

据悉，全市各级各有关部门正积极筹划组织开展中秋、国庆期间各类文体活动，引导群众假日期间参与健身运动是其主要的内容之一，有部分活动已陆续展开。正是这些活动，不断引导和推动着全民"动"起来。

笔者认为，假日是推动全民健身的重要契机，必须采取措施丰富有效供给。假日期间人们对健身活动项目数量和健身活动方式总体上将会有更为丰富的需求。因此，假日期间除政府相关部门加大健身运动场馆的开放力度和多办健身活动外，还要引导更多民间力量参与进来，以丰富健身服务活动和健身服务产品在假日期间的有效供给，尽可能满足人们的健身需求。

当然，最为关键的还是大家要牢记"生命在于运动"，假日团聚莫忘加道健身"菜"，要迈开步子"动"起来，参与活动"出点汗"。如此，才能做到团聚与健身两不误，传统习惯与新习惯相得益彰，进而做到假日团聚后更健康。

（2018 年 9 月 11 日《三明日报》）

骑行在春风里

上个周末，沙县的陈光铨老师在微信朋友圈晒出一组骑行赏景时拍的鲜花照片，引来众多微友点赞。陈光铨 50 多岁，非常喜欢骑行赏景，多年来，不仅游遍了沙县山山水水，还常到外地参加骑行比赛。骑行赏景的同时，他的拍照技术也在"实战"中猛进，无论是自拍还是风景，不同角度、不同光线，他都能拍出不一样的美。因此，骑行赏景让陈光铨不仅强健了体魄、饱览了沿途风光，还有了意外的摄影收获。

骑行是一种健康自然的运动方式，是一种快乐健身方式，能够让人充分享受其过程之美。长期坚持骑行还可以增强心血管功能和提高记忆力。笔者也偶尔骑行赏景。记得三明沙县机场起用不久后的一个周末，我带着饱览家乡骄人工程的期盼，跨上自行车，向目的地冲去。到古县村时已微微出汗，从古县村到机场一路上坡，很费力，喘粗气，汗流不断。但因为心中有美好的期盼，加上越往上骑视野越来越宽广，有了变换视角欣赏山下美景的欣喜，一时想到杜甫诗句"会当凌绝顶，一览众山小"，身上好像注入一股豪情和力量。因此在停停骑骑中，感觉不久就到了目的地，马上又沉浸到赏景的快乐中。这一趟骑行赏景让我感觉收获满满，快乐健身让我难以忘怀。

的确，骑行赏景不仅能强健体魄，而且能够领略"远近高低各不同"的别样风光，享受到别样的快乐。正如陈光铨所言："骑行赏景是工作以外最好的健身和放松，骑行归来，常来不及整理相片便酣然入梦。行程很美，梦也很美。"每一次骑行赏景都可能是一次心志磨炼，每一次大汗淋漓的爬坡，每一次畅爽的冲刺，每一次快要放弃的坚持，都让骑行者内心更加强大。

　　骑行赏景，既可远行，也可近游，既可自己出行，也可结伴而游。而且装备要求不高，好处却不少。正值春暖花开时，许多美景不容错过，让我们跨上单车，来一场说走就走的骑行吧。

（2020 年 3 月 5 日《三明日报》）

健身当讲科学

"想减肥的我，昨天一口气跳了2600下绳，结果今天腿疼了，手酸了，腰挺不直了，体重还上升了0.1公斤，你说气人不气人？"近日，一位微友朋友圈发的这段话，让笔者想起自己的一次类似经历。

那天，带着练成"肌肉男"的美好想法，充满激情练哑铃，练了一组又一组，练个不停……结果第二天两边胸部疼得厉害，赶紧跑去找医生，"是锻炼过度，肌肉练伤了，休息几天就会好起来。以后锻炼要适度，讲究科学"。医生的话让我如释重担。

的确，不少人健身激情一点燃，巴不得一口气练就一副好身材，一口气练成"肌肉男"……殊不知，欲速则不达，因没有做到科学，不仅没达到健身目的，反而伤了身。

专家提醒，健身要讲科学。虽然体育运动能减脂肪、增肌肉、强体质、防疾病是不容置疑的事实，但这终究是一个长期的渐渐的动态过程，绝不能急于求成而追求"多多益善"。

那么，如何做到科学健身？一般要做到五点：锻炼前要进行必要的体质评估，健身运动安全第一；每次完整的运动应当包括准备活动、正式运动、整理活动，三个环节不可或缺；一般一周健身运动应当包括有氧运动、力量练习、柔韧性练习，三种方式不可偏废；要因人而异个性化定项目，应根据个人的性别、年龄、职业、健康状况、锻炼爱好、生活条件等实际情况选择健身项目；要做到循序渐进、长期坚持、持之以恒。

科学健身对各类人群都很有意义。对健康人群来说，科学锻炼是全生命周期健康促进和维护的最经济、最适用的一种手段，也是塑造体型的最经济、最科学的一种办法；对健康高危人群来说，科学锻炼是最有效、最安全的调理和校正的手段；对病人人群来说，在医生和运动康复人员的指导下，通过个体化的运动处方，科学锻炼是治疗疾病、加速康复的重要辅助手段……

生命在于运动，运动贵在科学。我们需要健身，更需要科学健身、精准健身、高质量健身。

（2020 年 4 月 23 日《三明日报》）

从"有趣儿"运动说开去

近日，笔者在东山岛马銮湾的国家帆船帆板训练基地，采访了几位参加训练的青少年。他们都不约而同地说："帆船帆板体育运动刺激、好玩。""有趣儿"的帆船帆板运动，吸引了他们在乘风破浪中强身壮体。

兴趣是产生动力的源泉。无论是帆船帆板运动，还是打篮球、击剑、游泳，或是其他任何运动，"有趣儿"永远是吸引青少年入海乘风破浪、走进球场、走上剑道、跳进泳池的最大动力、最大理由。

"有趣儿"，体育运动才可能持续长久，渐成习惯。为什么在应试型体育教学中，青少年一旦结束规定的测试，他们就中断运动了？原因就在没有真正激发他们对体育运动的兴趣和"内在热情"。被"逼"着去做无趣的锻炼，怎么可能持续长久，渐成习惯？

大家都知道体育运动对青少年的重要性。然而现实中，由于青少年正处于学习最繁忙时期，家长和学生往往为提高成绩而只顾着文化课学习兴趣的培植，却忽视了体育运动兴趣的培养。殊不知，磨刀不误砍柴工，培养体育运动兴趣，养成体育运动习惯，不仅能强身壮体，而且能更好地保持孩子学习的旺盛精力，促进文化课分数的提高。

那么，如何培养青少年体育运动兴趣？笔者认为可在"五个方面"加以努力。

提升目的意义认识。让青少年明白体育运动的目的意义，才能更好地唤起他们对体育运动的热情。

做到"玩中学、学中乐"。青少年在"有趣儿"的体育运动中，才能更好地享受体育运动的无穷魅力。

遵循"跳一跳，够得着"原则。如果让青少年力所能及地经过努力"跳一跳"就能摘到"桃子"，那么就能进一步增强青少年体育运动的信心。

利用好青少年身边体育课和文化课"兼优"的典型。身边的典型最有说服力，最具模仿性，是引领青少年参与体育运动的最好榜样。

教学差异化，因材施教。叶圣陶先生说过："教学有法，教无定法，贵在得法。"有的学生跳得高，有的跳得远，有的跑得快，有的篮球打得好……学生潜能不同、兴趣不同，就需教学差异化。因材施教，贵在得法，激发出学生兴奋点，才能展现闪光点。

总之，体育教学在严格执行《国家学生体质健康标准》"硬约束"的同时，还要在"有趣儿"方面下功夫。如此，才能在青少年中播下终生体育运动的种子，推动他们养成体育锻炼的长久习惯。

（2020 年 12 月 24 日《三明日报》）

"碎碎练"练就棒棒身

　　最近，笔者上班路上遇到在一家企业工作的小杜，他停下摩托车与笔者交谈。平时爱打篮球、乒乓球健身生龙活虎的他，最近变得无精打采。"怎么啦？"小杜回答道："最近一个多月来事情实在太多，没有时间打球锻炼，因此整天感觉精神疲乏。"

　　像小杜这样因工作忙而没有专门时间进行锻炼的人可谓不少。然而健身锻炼是保持旺盛精力的重要手段。人们不健身锻炼，有可能导致血液循环和新陈代谢不畅，机体免疫力下降，阳气不足，情绪低落，精神不振。因此，工作再忙也不能放弃健身。

　　既然因为工作太忙，而没有专门时间锻炼的事无法避免，那就不妨用好各种间隙和零星时间，灵活安排运动，不拘泥于场地多种方式穿插地进行健身。比如，在工作间隙，通过重复握拳、松拳，活动手腕、腰肢，进行肢体锻炼；在开会前或中场休息时，通过搓搓耳、扩扩胸来保持头脑清醒，增强记忆力；长时间坐在电脑前写材料，通过耸耸肩、伸伸手来舒展筋骨……充分利用各种间隙和零星时间，更加容易做到不因工作忙而中断或放弃运动锻炼，健身就可能成为一件轻松的事。

　　进行碎片时间的健身，笔者也是一个实践者。早晨起床后，通过练练无须器械、所花时间少的八段锦来开启一天的美好生活；上下班不骑车，通过快步走锻炼来达到强健腿足、筋骨和促进血液循环的目的；上班坐久了，通过原地站站跳跳来达到提神的目的；晚上看电视时，通过原地跑步或举举哑铃，来达到通畅血液循环、增强肌肉力量的目的……由此，自己虽然没有用专门时间进行锻炼，由于注意利用各种零散时间健身，照样达到了增强体质和保持充足精力的效果。

要做到坚持碎片时间的健身，需克服各种惰性，不找"没时间运动"的借口。先动起来，有个良好的开端，才有后继渐成习惯的可能。其次是要做到有氧运动、力量练习、柔韧性练习三种方式交替或结合进行，这样的锻炼才更加科学。再次是注意锻炼前后的效果体验对比，不断感受"身体轻盈，状态越来越好"的变化。如此，才能不断激发和提高兴趣，进而养成坚持碎片时间健身的好习惯，用"碎碎练"练就棒棒身。

（2021 年 4 月 29 日《三明日报》）

健身与奥运同行

正值奥运健儿在东京奥运会上拼搏，第十四届全运会和北京冬奥会的脚步也渐渐临近，即将到来的第 13 个"全民健身日"的主题定为：全民健身与奥运同行。

今年全民健身日活动主题"全民健身与奥运同行"，既是为奥运健儿鼓劲、为全运会添彩、喜迎冬奥会，也是借助人民群众关注奥运、支持奥运的热情，引导大家积极投身全民健身的自觉行动中来，鼓励人人健身、天天健身、科学健身。

自 2009 年 8 月 8 日首个"全民健身日"活动开展以来，全市各地进一步采取有效措施，将健康向上的大众体育精神传达给公众，推广健康生活理念，为广大群众体育健身创造条件，有效助推了全民健身运动的开展。政府的推动是关键，在硬件上给力，各地从体育场馆到各类公众健身活动中心，从户外多功能球场到健身自行车道、步道，从各类主题的公园到"见缝插针"的"微游乐园"……这些体育设施和场所的建成，促成了 15 分钟甚至 10 分钟的健身圈，不论男女老少都能就近找到健身的好场地。各地在体育活动的组织上给力，既有满足大众要求的健步走、登山、工间操、自行车等活动，也有满足竞技需求的太极拳、篮球、足球、乒乓球、网球等比赛活动……一系列活动体现了群众体育的特点，做到健身娱乐化、多样化，激励着更多人走向运动场。同时，做好线上线下健身指导，统筹抓好疫情防控和引导全民安全健身、科学健身。

运动员的示范带动是激发全民健身热情的"助力器"。运动员所展示的运动之美和表现出来的拼搏精神，激发出人们的体育运动热情，最终形成全民健身的风潮。从当初容国团引发全国掀起乒乓球热潮，到 21 世纪姚明引领篮球运动迅猛发展，再到傅园慧等游泳健将让更多人爱上游泳运动……运动员们的引领在全民健身运动中的带动效应已经得到了充分证明。正在举行的东京奥运会，即将举办的第十四届全运会、北京冬奥会，展现运动之美和拼搏风采，又将激发更多的人投身全民健身行动中，再度掀起全民健身热潮。

健身，与奥运同行。"全民健身日"的成功之处，就是通过宣传和带动，让健身成为人们生活的一部分，使人民群众真正享受到体育带来的健康和快乐。眼下，让"全民健身日"成为"发展体育运动，增强人民体质"的有效载体，让我们与奥运同行，天天健身，科学健身！

（2021 年 8 月 5 日《三明日报》）

做最好的自己

　　在刚刚结束的东京奥运会上，有两名格外引人注目的运动员：以9秒83成绩刷新了亚洲百米短跑纪录的中国运动员苏炳添，为奥地利赢得了首枚自行车比赛金牌的安娜·基森霍夫。

　　为什么两人格外引人注目？许多人说，因为他们的成功，生动诠释了要成功就要进行"正确的努力"的道理。什么是"正确的努力"？对运动员来说，"正确的努力"包括正确的思想导向和科学的训练方法。正确的思想导向就是纯粹的坚定的体育精神，是发挥到极致的忘我无他的不断超越自我的拼搏精神。科学的训练方法就是根据自身条件，扬优点，克缺点，科学指导，合理训练。

　　苏炳添、安娜虽然参加的奥运项目不同，目标各异，但都排除了"传统思维"的干扰，选择以不断超越自我、做最好自己为目标。在科学训练上，苏炳添以自己为研究对象，安娜则是"我不是那种只会踩脚踏板的骑手，我要当自己的教练"。他们都避开"练得越苦、成绩越好"的思路，利用科学方法研究自己，发现问题，查找自身差距，因地制宜科学训练。他们进行了正确的努力，再加上不懈的坚持。

　　这次东京奥运会上，我国夺金的运动员不少，苏炳添虽然没有夺金，却被选为闭幕式旗手。有人说，因为他以32岁"高龄"

取得了优异的成绩，成为我国首位进入奥运会男子 100 米决赛的运动员，对奥林匹克精神进行了完美诠释，其不断超越自我的精神激励了无数的运动员，也激励了各行各业的人们。

我们在学习生活工作中，不一定像苏炳添、安娜一样拥有别样出彩的人生，但可以认真学习他们，通过正确的努力，不断超越自我，做最好的自己。

（2021 年 8 月 19 日《三明日报》）

运动成就未来

北京体育大学校长指出："现在青少年的胸围越来越宽，肺活量却越来越小；身材越来越高，跑得却越来越慢；体重越来越大，力量却越来越小；智力开发越来越多，灵敏素质却越来越弱。"究其原因，主要是学生空闲时间宅家看书、追剧、玩游戏的多，参加体育运动时间少了；学业负担沉重，挤占了运动时间；观念上有偏差，"万般皆下品，唯有读书高"的观念根深蒂固，导致在升学压力面前，重视"卷子分数"的冲刺，轻视运动跑道上冲刺。

殊不知，学习与运动的关系不是鱼与熊掌的关系。坚持运动，不仅能强身健体，还能促进脑部血液循环，增加大脑供氧量，满足大脑营养需求，维持大脑正常机能。还可促进大脑神经生长，缓解大脑疲劳。因此，坚持运动能够让大脑发挥最大潜能，提高学习效率和记忆力。

有专业人士提出"7+1>8"的公式，就是说每天7小时内认真学习，坚持1小时体育锻炼，其综合效果更大。这一公式揭示了体育运动与学习之间的辩证关系。一位校长在介绍经验时说，他们学校成为名校的秘诀是：游泳。这个学校每个年级成立了一个游泳班，游泳班大部分的安排跟其他班别无二致，只是每天放学后再留学校游泳锻炼一小时。不久，游泳班小孩身体变得更好，很少生病请假，意志力也比其他班的小孩更坚强。到最后，发现学习成绩也是全年级最好的。刚开始，只有对孩子不太上心的家长，才"稀里糊涂"让孩子被分进游泳班，后来那些怕孩子游泳浪费做作业时间的家长，打破头也要争取让孩子进到游泳班。学校的这一成功秘诀，就是"7+1>8"公式的最好例证。

事实证明，运动不是可有可无的，运动不仅能够增强体质，而且能够促进学习提效。青少年是家庭的希望，也是国家的希望。因此，社会、学校、家庭都要更加重视引导青少年处理好学习与运动的关系，养成终生运动的习惯，让青少年在"磨刀不误砍柴工"的体育运动中，成就更加美好的未来。

（2022 年 8 月 5 日《三明日报》）

莫用"健康"换"成绩"

国青少年研究中心 20 日发布的统计数据显示，2005—2015年间，近六成中小学生睡眠不足国家规定的 9 小时。调查发现，中小学生压力呈内化趋势，写作业、上课外班时间比原来更长。作业多、在校时间长、课外班时间增加，是中小学生睡眠不足的主要原因。

长期睡眠不足的后果就是身体乏力，免疫力和记忆力降低，甚至影响身高发育，使身体处于亚健康状态。"没什么，别没健康"，身体健康最重要，这是每个人都懂的浅显道理。可是家长们望子成龙心切，只关注孩子的学习成绩，只要眼前孩子身体没出现什么问题，往往把这最浅显的道理抛至脑后。

笔者认为，解决中小学生睡眠不足问题，要靠老师、家长和学生的共同努力。作为老师，要摒弃"题海战术"，布置适量作业，充分用好课堂时间，提高教学水平和教学效率。作为家长，不要将自己的过高期望变成孩子的负担，不考虑孩子的承受能力和真正兴趣，硬让孩子去上各种各样的课外班，"刚上完美术课，又让孩子赶场去上钢琴课或奥数什么的"，不给孩子留足休息时间。作为学生，要养成良好行为习惯，注意劳逸结合，合理安排学习、锻炼和休息时间。

笔者不是反对老师和家长为提高学生学习成绩而加强正常督

促，而是提醒老师和家长要根据学生兴趣、特长以及身体生长的规律，科学安排学生的学习时间，适当参加课外班，给学生留足休息时间。同时提醒学生自身要量力而行。"赶场式""填鸭式"教育，让精明商家的广告语"别让孩子输在起跑线上"所绑架，短期看，也许可以暂时提高"成绩"，实质上是种拔苗助长行为。长远看，欲速则不达，不仅让孩子无法很好地消化所学内容，还有可能让孩子产生厌学情绪。这种教育方式还会抑制孩子的独立思考能力、创新能力。孩子没了足够休息时间，导致身体素质下降，学习能力有可能下降，随之成绩也将下降，"小问题"变成"大问题"，得不偿失。有位高考状元讲得好："注意休息，睡眠有保证，第二天上课时才能全神贯注，好成绩不是靠时间堆积起来的！"

　　让孩子快乐幸福健康是每一位家长的共同心愿。家长们千万不要把不切合实际的期望强加到孩子身上，盲目跟风，满负荷安排孩子学这学那。给孩子足够的休息时间吧，让孩子们快乐成长、健康成长。我想，若此，这是孩子和家长之幸，也是社会之幸、国家之幸！

（2016 年 10 月 26 日《三明日报》）

第六辑

文明漫谈

漫谈"化为血肉"的修养

英国杰出作家罗斯金有句名言:"文明就是要造就有修养的人。"成为一个有修养的人,可以说是人之理想。但究竟如何成为一个有修养的人?

笔者认为,修养既是一种境界,也是一个过程。修养既要"修"也要"养"。"修"就是通过修剪"旁逸斜出",使自己更加完美。"养"就是通过学习、历练、养成,使自身知识更加丰富,品德更加高尚,行为更加文明。

修养应做到"化为血肉"。通过不断的修和养,使优秀思想、高尚品德、文明品质、知识能力……极其牢固,深入自己的神经,内化为自己的血肉,变为似乎是与生俱来的东西。用时达到"不假思索"的程度,才算到位。

要提高文化修养,就必须通过"化为血肉"的阅读和练习。消遣性阅读,读过后大多是"水过地皮湿",难以"化为血肉"。要将书本"精华"化为自己"血肉",就必须精读。同时辅以必要的练习实践,才能去粗存精,去伪存真,才能将书中的内容、思想融会贯通,进而化为自身"真功夫"而不是"假把式"。

要提高文明道德修养,也必须通过"化为血肉"的习惯养成。在向道德模范人物等先进典型学习的同时,要养成"勿以善小而不为,勿以恶小而为之"的习惯。只有从小善做起,从点滴做起，并长期坚持，才有可能让文明道德行为成为"习惯成自然"的自觉行为。

我们听说过某人得到一大笔赠予的金钱而马上变得富有，穿上名牌，住进豪宅，驾起豪车；却从未听说过某人得到别人赠予的修养而变得品德高尚。修养，只能通过自身的长期努力修为才能养成。

文明修养内化的过程，就像喝茶的过程，常常是先苦后甜。提高文化修养，往往要先经"苦"读，提高文明道德修养，有时也是先尝牺牲自己利益之"苦"。正如康德所说："道德之所以有如此崇高和美好的名声，就是因为它总是伴随着巨大的牺牲。"

不论是文化修养还是文明道德修养，都是一个不断升华的过程。你坚持，就有可能变成自己想要的样子。

（2021 年 2 月 8 日《三明日报》）

道德养成离不开"内外兼修"

　　所谓"内外兼修",是指人的修养从内外两个层面所进行的"表里如一"的全面提升。"内"指内在道德修养、内涵,其需要长年累月的沉淀,不断锤炼修为心境驾驭自身才行;"外"指人表现出的行为举止、言语表情,其由内在映射在外才会形神兼备,不至空洞且虚有其表。

　　清代(康熙年间)文华殿大学士兼礼部尚书张英的老家人与邻居吴家在宅基地问题上发生了争执,家人飞书京城,让张英打招呼"摆平"吴家。而张英回馈给老家人的是一首打油诗:"千里修书只为墙,让他三尺又何妨?万里长城今犹在,不见当年秦始皇。"家人见书,主动在争执线上退让了三尺,下垒建墙,而邻居吴氏也深受感动,退地三尺,建宅置院,于是两家的院墙之间有一条宽六尺的巷子。村民们可以由此自由通过,六尺巷由此而来。细细分析,这故事还说明了道德修养需要"内外兼修"的道理。"六尺巷"故事的主人翁张英为什么能够做到"让他三尺又何妨"?就是张英道德修养做到"内外兼修"。张英出身于书香门第,从小就受到中国儒家文化熏陶。他的父亲常常告诫他,要以耕读传世。对人要有忠诚之心、真诚之意。张英所著《聪训斋语》一书中写道:"积德者不倾。"意思是说:积德行善的人不会一败涂地。可见,张英长年累月注重道德的内在锤炼修为。同时，张英道德修养做到表里如一。尽管备受皇帝器重，但是张英从不倚官仗势。相反，朝中大事，他常征求大家意见。很多大臣被提携，都是张英提出的，虽然他们一直都不知道。因此说，张英处理与邻居宅基地争执时做到"让他三尺又何妨"并不是偶然的，而是水到渠成的事，是其道德修养"内外兼修"的必然结果。

这不禁让笔者联想到曾经发生在某机场的一个场景：两位女士为点小利益而先后用中文、英语、日语和法语四种语言互相辱骂。为什么在公众大场合两位"高素质"女士偏偏表现得不文明？原因就在她们道德修养没有做到"内外兼修"，应该说她们所知道的道德道理可不少，但她们所学的处事之道没有内化为心灵的一部分，于是不自觉地表现出：有知识，却不够修养。道德修养"内外兼修"，不仅要重视内在品德的涵养而且要重视外在修为的养成，强调的是表里如一。特别是在不同社会角色、不同身份转换之时，在利益冲突时，更要有严格的道德自律，不能"只知有我而不知有他，只知有私而不知有公"。应该学学张英"让他三尺又何妨"，如此，才能让社会变得更加和谐，更加美好。

（2021 年 11 月 19 日《三明日报》）

漫谈志愿服务

"不以善小而不为，一滴水，也能映出四海五洲。搭把手，搭上一把手，人生旅途一起走……"眼下流行的献给志愿者的歌《搭把手》，道出志愿服务友爱互助的质朴真情。"有时间做志愿者，有困难找志愿者。"这广为流传的话语，折射出志愿服务蔚然成风的社会文明新风尚。而志愿服务更是一代又一代接力传承下来的文明传统，是精神文明建设的一笔财富。

青年志愿垦荒队是我国志愿服务事业的重要发端之一。早在20世纪50年代，北京市石景山区西黄乡乡长兼团支部书记杨华等5名青年，向北京团市委递交倡议书，组成了60人的北京青年志愿垦荒队。随即，胸怀报国之志的全国各地几十万热血青年纷纷跟进，向荒山、荒地、荒滩进军，为解决当时的种粮难题而奉献激情与青春。这是早期的一支志愿服务队。

而1963年开始的全国学雷锋活动，则把我国志愿服务事业进一步推进。志愿服务与学雷锋活动紧密结合，用雷锋精神的价值导向，引领志愿服务向前发展。雷锋精神成为中国特色志愿服务的思想内核。2018年开始试点的新时代文明实践中心建设工作，又为志愿服务工作提供了新载体、赋予了新使命。

数十年来，"奉献、友爱、互助、进步"的志愿者精神在中华大地开花结果，志愿服务事业生机勃勃。在活动赛事现场，在救灾防疫前沿，在文明社会建设一线……志愿者们用微笑、热情和汗水，传承中华文化厚德仁爱、乐善好施、扶危济困的优良传统，彰显理想信念、爱心善意、奉献担当。

新时代的志愿服务日益呈现专业化、精准化。如，科技志愿者、文艺志愿者、医疗志愿者、环保志愿者……他们各有专业所长，不只是简单地"伸出手"，而是"术业有专攻"。从而让志愿服务的效果得到更好发挥，让受援助者的愿望需求得到更好满足。

志愿服务是给予与获取的双赢互动。志愿服务给予过程中，志愿者不仅自身心灵获得快乐，还能在活动中开阔眼界，提高能力，提升修为，收获成长。志愿服务是"温暖人间的最美风景"，志愿者精神已熔铸于时代脉动。心有所信，方能行远，志愿服务也是这样。

（2022 年 8 月 29 日《三明日报》）

文明的"建"与"种"

　　文明行为是一个人的人文素质和道德修养的体现。文明之源在于心，只有文明的种子深植内心，才能更加自觉践行社会主义核心价值观，更加自觉遵守社会公德、职业道德、家庭美德和个人品德。

　　鲁迅先生曾说过：立人的关键，在于先立其心。我们倡导"争做文明市民，共创文明城市"。争做文明市民，首先就要做到文明从心开始，让文明立于心。怎么让文明立于心？笔者想起一则哲理故事。话说有一哲人，带着他的弟子们去园中除草。他问弟子如何除掉这些杂草。有的说"用铲子铲"，有的说"用火烧"，有的说"用石灰来除"，也有的说"斩草除根，只要把根挖出来就行"。哲人说："你们可以按照各自的方法去除草，一年后，再来看看。"第二年，弟子们在原来相聚的地方，看见的已不再是一片杂草，而是一片长满谷子的庄稼地。只是哲人这时已去世，弟子们在整理他的言论时，发现哲人写的一句话：除掉杂草的最佳方式是种植庄稼。

　　这个故事告诉我们，庄稼越多，杂草的生存空间就越小。启示我们，对于问题的解决，应该更多的是用像种植庄稼这样的建设办法。如何用建设的办法去立文明之心？多读中华优秀传统文化经典。经典是文化的精粹，是人类文明的积淀。多读经典不仅能丰富我们的知识，而且能让人从中学到许多为人处世的道理。多读中华优秀传统文化经典，不仅能增强民族自信心和自豪感，还能在润物细无声中滋养文明之心。

在读中华名人典范之文中见贤思齐。读杜甫"安得广厦千万间，大庇天下寒士俱欢颜，风雨不动安如山"诗句时，能够涵养我们推己及人的仁者襟怀；读范仲淹"先天下之忧而忧，后天下之乐而乐"诗句时，能够涵养我们增强责任担当的意识……我们要多读中华名人典范之文，在景仰名人的同时，见贤思齐，涵养浩然之气，立好文明之心。

心中种上文明的庄稼，"杂草"自然就无滋长之地。

（2022 年 12 月 5 日《三明日报》）

雷锋精神与幸福观

看雷锋的照片，大家会发现他大多是带着微笑的。那透着幸福感的笑容，虽然穿越了半个多世纪，依然让人感到温暖、快乐，也给我们带来深深的启示。

雷锋的幸福观与其苦难的童年有关。雷锋的童年历经磨难，他不满七岁就成了孤儿，收养他的本家六叔奶奶日子过得紧巴巴，常常吃了上顿没下顿。为了减轻叔祖母家的负担，雷锋年纪虽小，但主动上山砍柴、放牛……苦难的生活，使他更早地懂事了。

雷锋的幸福观是党和部队培养教育及自身自觉提升修养的结果。雷锋 1960 年 1 月应征入伍，同年 11 月加入中国共产党。在党和部队的培养教育及自身努力下，增强了党性修养，提高了政治觉悟，对共产主义事业充满必胜信心，以革命乐观主义的精神看待未来的光明前景。这让雷锋浑身充满了力量，也树立了正确的幸福观。

他说："我觉得人生在世，只有勤劳、发奋图强，用自己的双手创造财富，为人类的共产主义事业贡献自己的一切，这才是最幸福的。""把别人的困难当成自己的困难，把同志的愉快看成自己的幸福。"这一系列话语生动诠释了雷锋的幸福观：设身处地替他人着想，忧他人之忧，乐他人之乐；把自己的一切毫无保留地奉献给人民，奉献给伟大的共产主义事业。

　　雷锋的幸福观也可从心理角度找到合理解释。心理学家约翰·福赛斯认为："当你表现出善意的举动，哪怕仅仅是给别人让让路，大脑就会释放出多巴胺，血液中复合胺的含量也会升高，而这两种物质都会使人感觉更好。"雷锋经常帮助别人，"把有限的生命投入到无限的为人民服务中去"。由此可见，他自身的心理就经常处在一种积极、乐观、和谐、满足的状态中，从而感觉到快乐和幸福。赠人玫瑰，手留余香，说的也是这个理。

　　如今，读懂了雷锋的幸福观，就能更好地践行雷锋精神。烈火英雄谢晓晖读懂了雷锋的幸福观，面对自己浑身的伤疤，丝毫没有感到后悔，继续为消防事业尽一分力量；庄彩男读懂了雷锋的幸福观，每月 15 日为行动不便的居民免费理发，这一做就是整整 24 年；全省首支盲人学雷锋志愿服务队，带领一个个志愿者，用双手推出健康，用一颗心回报社会……一个个、一群群"志愿红"，助人为乐、甘于奉献，用行动标注文明之城的文明新高度。

　　三明工匠也读懂了雷锋的幸福观。车工技师王文明 35 年来努力钻研，成为劳动能手，多次在"五小创新"活动中获奖；工程师张建忠，2014 年毕业以来始终扎根生产一线，专注设备技改和开发，领跑高铁动车门锁领域技术；变电运行工段长庄惠鹏，创造了 16 项具有原创性的管理制度，为企业送上安全可靠的电能……三明工匠们快乐地工作，干一行，爱一行，钻一行，精一行，把平凡事做好，为三明高质量发展不断创造精彩。

　　理解、读懂雷锋的幸福观，能为我们带来源源不断的精神拔节和成长，能不断改善我们的心境，进而使我们更加快乐地投身志愿活动，更好地投身新文明的壮阔实践中。

（2023 年 4 月 10 日《三明日报》）

"看群众脸色办事"好办事

10月17日,《三明日报》一版头题报道:沙县交通基础设施重大项目指挥部70天啃下9块"硬骨头","期间,没有一个征迁户上访,没有发生群体性事件和安全事故,没有突破补偿标准,实现了上级满意、社会满意、施工单位满意、工作人员满意、拆迁户满意"。他们的经验之一便是"看群众脸色办事"。

沙县凤岗街道大洲村朱某的违章房屋是困扰指挥部一年半的心病。指挥部和街道工作人员以及亲朋好友给朱某坚持不懈地进行政策和法律宣传,在拒绝其不合理要求的同时,对经济较困难的他,指挥部在征迁中尽量照顾,不仅给予适当经济补偿,还为他在大洲村安排了临时的安置房,并安排车辆帮他搬家。搬离房屋时,朱某从原来的一脸愁色变成一脸喜色。这是"看群众脸色办事"好办事的一个生动事例。

群众工作顺利不顺利,关键是看工作有没有做到群众心坎上。只要把道理讲清、政策讲明,并站在老百姓的角度看问题,才能找到工作的着力点,工作才能取得群众的理解和支持。要做到"看群众脸色办事"好办事,必须提高我们广大干部的自觉性、洞察力和执行力。

提高自觉性,就要提高看群众脸色办事的自觉意识。习近平总书记在庆祝中国共产党成立95周年大会上,说得精辟:"在引领中华民族伟大复兴的道路上'不忘初心、继续前进'，就必须始终坚持一切为了人民、一切依靠人民，不断把党的建设新的伟大工程推向前进。带领人民创造幸福生活，是我们党始终不渝的奋斗目标和'初心'。我们要满足人民群众对美好生活的向往，坚持以人民为中心的发展思想，朝着实现全体人民共同富裕的目标稳步迈进。"只有我们自觉"看群众脸色办事"，才能知道群众的忧愁疾苦，才能知道群众的向往，才能把工作抓到点子上，做到群众心坎上。

提高洞察力，广大干部既要学习理论政策、法律法规、工作业务，提高文化素养，提高抓群众工作的本领，又要提高"看群众脸色办事"的本领。当然，"看群众脸色办事"不是无原则迁就群众，而是找到政策与群众诉求的结合点，做到既落实政策，又满足群众合理合法的诉求。

提高执行力，就要把群众的合理诉求落到实处。当前我们要结合全党开展的"两学一做"学习活动，落实省、市各级党代会精神，坚持问题导向，牢记全心全意为人民服务的根本宗旨，"看群众脸色办事"，主动为群众办好事，把人民放在心中最高位置；密切联系群众，真心对群众负责，热心为群众服务。通过解决群众的困难问题，使群众有切实获得感，用实际行动赢得群众信任和拥护，从而把我们的各项事业顺利向前推进。

（2016 年 10 月 22 日《三明日报》）

接续奋斗最可贵！

1958 年，国家一声令下，一群被信念、使命、理想照亮的人们立即"国有召唤，我必奔赴"。他们从上海、从全国各地，带着家当，拖家带口来到三明支援福建省工业基地建设。他们不仅建成了三明这一新兴工业城市，创造了许多奇迹，而且创下许多宝贵的精神财富。如今，他们的精神激励着后辈们接续奋斗，继续在三明这片热土上挥洒汗水和智慧。

纪录片《沪明往事》第三集《生生不息》，就给我们讲述了许多这样的感人故事。

余虹，党的二十大代表。1984 年，作为随迁三明的二代人，余虹进入福建华电永安发电有限公司燃料部，在火力发电厂这个"苦、脏、累、险"的输煤运行一线，一干就是 38 年，从煤炭接卸值班工成长为燃料运行主管。在接受记者采访时，余虹说："我们在家里就可感受到父辈艰苦奋斗、吃苦耐劳、敬业爱岗的精神，这些精神值得我们传承和学习。"2022 年，余虹成为党的二十大代表。参加党的二十大回来，余虹思想认识又有了新的提升。他说，新时代赋予产业工人新的内涵，比如要致力于产业绿色转型，要善于创新。于是，他定下了自己接下来的努力方向：继续推进火电机组的燃料低碳化、能源转换方式低碳化、综合能源服务低碳化，实现绿色电力转型的零碳化。余虹，就是弘扬传承祖辈父辈们精神而接续奋斗的随迁三明二代三代的典型代表。

而陆志强则以另一种方式贡献于三明的发展。福建省圆初生态农业有限公司董事长陆志强，1958年，他父母来到三明。生在三明、长在三明的他，1996年辞职下海到上海创业，尽管繁华的大都市为他的事业发展打下了基础，但他始终惦记着伴随他长大的青山绿水。大城市生活久了，陆志强渐渐发现周围不少上海朋友需要解解压，需用世处桃源一般的生活来给自己充电。由此，陆志强想到了三明的青山绿水资源，意识到这是一个新的"契机"。于是，他来到三明，流转了定村整村的四百多亩土地，并取得五千多亩森林的使用权，办起了生态产业基地。以绿水青山为标志的三明，天高地阔，也给了陆志强一个新的施展拳脚的舞台。

余虹、陆志强弘扬传承祖辈父辈们精神的方式不同，但他们都认定自己三明人的身份，发自内心地爱着三明这片红土地，致力于三明的发展，成为三明的出色建设者。

2022年6月，国家发改委公布了备受瞩目的《革命老区重点城市对口合作工作方案》，上海市与三明市再一次建立对口合作关系。建设三明更加美好的明天，需要更多的上海乃至全国随迁三明的后辈们，弘扬父辈们精神，共同挺膺担当，在三明家乡接续奋斗和拼搏。接续奋斗最可贵！更多的余虹、陆志强们也必将在三明这片红土地上，在接续奋斗中，创造更多的奇迹，实现自身的人生价值，谱写更加精彩的篇章。

（2023年三明市文联微信公众号刊登）

艺术体现奋斗之美

7月10晚，沪明两地联手打造的三明原创音乐剧《幸福的烟火》在福建大剧院震撼上演。《幸福的烟火》围绕来自"沙县小吃第一村"俞邦村，在上海的沙县小吃业主林茂生一家的生活变迁来展开，艺术地体现了奋斗之美：艺术体现"幸福都是奋斗出来的"，艺术体现浓浓"沪明情"中的奋斗之美，艺术体现三明人牢记嘱托、感恩奋进。

艺术体现"幸福都是奋斗出来的"。剧中主角林茂生"早上六点起，凌晨两三点收摊，包扁肉、包蒸饺、捞面条……店里食材样样都要亲自操心"。林茂生以"实说实干，敢拼敢上"拼劲，起早贪黑，用平凡的美味温暖着南来北往的客人，用辛勤奋斗来堆砌"扁肉是'砖头'，拌面为'钢筋'"的"在老家盖新房"的幸福梦。剧中配角也一个个热爱生活，有穿着A货的沪漂女孩、质朴勤快的外卖小哥、朝九晚五的上班族、拼命工作的程序员……舞台是个放大镜，林茂生小吃店是个放大镜。主角、配角等一群看似没有联系的小人物，在这间小吃店里交会，演绎着各自的奋斗人生故事。这些故事折射出沙县小吃店脉脉温情的同时，艺术体现了"幸福都是奋斗出来的"。

艺术体现浓浓"沪明情"中的奋斗之美。剧中的陈秀珠是"小三线"建设时期支援三明的上海人后代，也是沙县小吃同业公会驻上海联络处的主任。陈秀珠的闪亮登场，给林茂生走出生意"困境"带来了"契机"。陈秀珠热情敬业人活络，她带来了沙县小吃同业公会的指导意见，指出"扁肉担子到小吃集团"的沙县小吃转型升级关键秘方：标准化、产业化、连锁化、国际化、智能化。同时，陈秀珠还一心想着调和林茂生、林夏至父子俩的矛盾。音乐剧通过为沙县小吃产业发展辛勤奋斗的陈秀珠，把上海和三明连在一起，经过演员们精湛的演绎，艺术体现浓浓"沪明情"的同时，也在浓浓"沪明情"中体现出了人们为建设美好生活的奋斗之美。

艺术体现三明人牢记嘱托、感恩奋进。林茂生的小吃店是沙县小吃走出福建、走向世界的微写照，是沙县精神世代传承的形象化。2021年3月23日，习近平总书记在沙县区夏茂镇俞邦村考察时，详细了解沙县小吃发展现状和前景，并寄语沙县小吃："现在的城市化、乡村振兴都需要你们，这就叫作应运而生，相向而行，我希望你们再接再厉，继续引领风骚！"《幸福的烟火》借陈秀珠之口道出习近平总书记的嘱托，剧情沿着这一嘱托推进。《幸福的烟火》融入习近平总书记来明考察调研的时代背景，塑造出沙县小吃业主群像，刻画平凡人的点滴幸福，传递出三明全市上下牢记习近平总书记重要嘱托，感恩奋进，勇毅前行，奏响沙县小吃产业转型升级和沪明对口合作的时代强音。

（2023年7月19日《三明日报》）

为"病人感动医护人员"点赞!

报载,10月21日上午9时许,延安大学咸阳医院一名71岁的患者郭师傅经过13名医护人员6个小时的奋力抢救,终于从死亡线上被拉了回来。老人醒来的第一时间,用颤颤巍巍的手写出了"护士没吃饭"五个字。"特别感动,当时我的眼泪就在眼睛里打转。"田梦园护士说。不少延安大学咸阳医院的医护人员也被感动,在他们看来,这件小事在医患关系紧张的今天更显得难能可贵。郭师傅的老伴王女士说:"老伴是一个很善良的人,平时也会设身处地为他人着想。"

最近,一位援疆医生讲述了一个类似故事:"一天夜里,我接诊了一名遭遇车祸的病人,肝脏破裂,生命垂危。虽经全力抢救,病人终因失血过多而死亡。当我们告诉家属这个坏消息后,家属不仅没有责怪我们,反而向我们道谢,然后要求把切下的破碎肝脏带回去,和死者一起埋葬。丧事办完后,家属又来到医院结清所有费用。此举令我十分感动。从此,每当遇到危重患者,我都没有后顾之忧,总是愿意冒险一搏。"这又是一个因"设身处地为他人着想"而使医患互信,增强了医生责任感、使命感的典型例子。

医生都希望为患者解除病痛。当一个人生命垂危之时,最希望他活下来的,除了亲人,就是医生。患者"设身处地为他人着

166

想"，将让同样"设身处地为他人着想"的医生增添更大勇气，医生将因此少一分退避的顾虑，多一分大胆选择最佳救治方案的勇气，多一分的尽心。医患是生命共同体，唯有信任，才能共赢。

笔者认为，如大家都能"设身处地为他人着想"，那么就会多些和谐，少些"针锋相对"。那么不管是"医生与病人"的关系，还是"城管与小摊贩""交警与司机"等很多的社会关系就会处理得更好，社会也就会更加和谐。

（2016 年 11 月 28 日《三明日报》）

大家都来做个"修窗"人！

全国文明城市称号是一个城市综合实力的集中体现。创建全国文明城市是建设小康社会的需要和发展的内在要求，是提高群众生活质量和生活水平的重要载体，更是广大人民群众在积极参与中进行自我教育、自我提高的过程。

在创建文明城市工作中，有人持消极态度，认为那是政府的事，与我关系不大，多一事不如少一事。有人认为那是大事，我这老百姓帮不上忙。事实显然不是这样的。

其实大家的细小行为都关乎文明城市的创建。遵守交通秩序，不乱停放车辆，不闯红灯，这做得到吧；不在自己店前占道经营，乱摆乱放，这做得到吧；不乱倒垃圾，搞好门前卫生，这做得到吧；不随地吐痰，不在公共场所吸烟，这做得到吧……

文明行动的最大受益人就是我们自己。你不闯红灯，遵守交通秩序，你的安全不就更有保障了吗？店前清洁卫生了，你的经营环境更好了，更多客人愿意前来消费，生意不就会更好吗？多做此类利人利己的微文明行为，何乐而不为呢？

心理学中有个"破窗理论"。一幢有少许破窗的建筑，如果那些窗不被及时修理好，可能会有破坏者破坏更多的窗户，最终他们甚至会闯入建筑内，如果发现无人居住，也许就在那里定居或者纵火。"破窗理论"认为，环境中的不良现象如果被放任存在，会诱使人们仿效，甚至变本加厉！

我们有时见到，一个人闯红灯，一群人就跟上，一个人不走斑马线，一群人就跟着横闯。这就是"破窗理论"现实中的表现。

在创城工作中，你做好了个人"微文明"，就能影响周围的一群人，就能带动更多的人文明起来，整个社会的"大文明"就有了坚实的基础。你就如一个"修窗"人，修好先前的破窗，避免后面的破窗之事发生。做个文明创建工作的"修窗"人吧，为创城尽一份力！

（2016 年 12 月 22 日《三明日报》）

畅享微信需提高媒介素养！

前段时间，微信朋友圈中频传的几段"塑料紫菜"谣言视频，给整个紫菜行业带来重创。为何谣言视频得以在微信朋友圈中频传？分析其中原因，与人们面对微信虚假信息时，质疑能力、评估能力和思辨反应能力等方面的媒介素养不高有关。

何为媒介素养？是指公民所具有的获取、分析、评价和传输各种形式信息的能力，侧重的是对信息的认知过程。

微信时代，媒介素养不高，就有可能导致人们在层出不穷、目不暇接、泥沙俱下的海量信息面前，显得困惑和迷茫，难辨真伪；甚至还有可能在第一时间传播自以为"真实"的虚假信息或谣言。媒介素养不高，还让有些人任性地把微信公众号当成自己的"菜园"，"想种什么就种什么"……媒介素养不高危害性真不小。

那么，如何提高人们的媒介素养呢？

微信时代，我们既是微信信息接收者，也是传播者。作为接收者，我们应正确分析微信信息，学会理性地辨别信息的真伪，要多问几个"为什么"，要有批评性思维。特别是要不断丰富自己的知识，提高正确分析判断信息的能力，从而正确辨别微信中屡见不鲜的非法信息、暴力信息、垃圾信息、庸俗信息等。

作为微信信息传播者，要学习国家的相关法律政策。要克服从众心理，认真分析所传播内容的真实性和可能产生的后果，不能触犯相关法律法规。

微信时代，提高媒介素养是摆在我们每个人面前的课题，既需我们各级有关部门的努力，更要求公民有提高媒介素养的内生自觉。只有大家的共同努力，我们才能畅享微信给我们带来的便利，才能避免人们的善良成为微信谣言的"帮凶"。

（2017 年 7 月 10 日《三明日报》）

"农技铁人"的敬业精神

10月14日,"农技铁人"——三明沙县农业科学研究所副所长黄秀泉同志被福建省委宣传部授予"八闽楷模"荣誉称号。

两次换肾的黄秀泉饱受各种病痛的折磨,仍保持超强的意志,长期奋战在试验田里。他在"八闽楷模"发布仪式现场表示,让人吃饱饭、吃好饭是他的追求。在岗的30年里,他主导完成了200多组2000多个水稻新品种(组合)的相关试验,为我国水稻新品种推广提供了大量可靠的实验数据。他的敬业精神感动着现场的每一个人。

孔子主张,人在一生中始终要勤奋、刻苦,为事业尽心尽力。敬业精神是做好本职工作的重要前提和可靠保障。敬业是一种精神境界。

有敬业精神,才能不畏艰难战胜各种困难。黄秀泉两次换肾,长期的抗排斥治疗,导致他机体免疫力下降,许多脏器不同程度损伤。但他一直很乐观:"能工作就说明自己活着,活着就是一件最好的事。"只要身体一好转,他就一心扑到工作岗位上。浸种、催芽、播种、育秧……忙时早上5点多起床,晚上加班到凌晨一点,仅休息四五个小时。正是敬业精神支撑着他,让他变得无畏,变得坚强,从而在困难中完成一项又一项试验。

有敬业精神,才能焕发激情实现人生价值。黄秀泉不仅做好了水稻良种区域试验的本职工作，还给自己增加额外的育种任务，他总是在田里打转，也想选育自己的良种。他说："只要我活着一天，就要为水稻良种选育多出一份力，让更多的农民种上我们亲手培育的水稻优良品种，让更多人吃上优质大米。"正是敬业精神，让他以虔诚恭敬的态度对待工作，充满激情地对待事业，也让他体验到内心的充实和精神的愉悦，更让他成就了事业，更好地实现着人生价值。

我们各行各业都需要敬业精神。获得2015年诺贝尔生理学或医学奖的屠呦呦，为青蒿素的成功提取，没日没夜泡在实验室。为了确保安全，与团队人员在自己身上试毒，还得过中毒性肝炎。记者们以"用脚采访，用笔还原"的敬业精神，尽可能到现场，写出有冲击力的细节、有故事的触动人心的好报道；老师们用心上课，用爱育人……无论是屠呦呦还是记者们、老师们，也都是因有了敬业精神，才能克服困难，精益求精，匠心干事业，才焕发出乐观的工作激情，进而成就更好的自己。

黄秀泉的事迹非常感人，他的敬业精神、职业操守值得我们效仿。敬业精神，作为一种社会主义核心价值观，让每一位公民感受到生命活动存在的意义和价值，也是实现"中国梦"的重要动力源泉。让"农技铁人"的敬业精神在我市各行各业的人们中发扬光大。

（2017年11月15日《三明日报》）

为三明的"雷锋们"点赞！

连日来，学雷锋活动在我市掀起了热潮。三明学院的大学生青年志愿者到市国德老年康养院献爱心，与老人聊家常，开展心理疏导、义务劳动；沙县职工护河队开展"学雷锋·保护沙溪河"公益环保活动……三明的"雷锋们"以实际行动传承弘扬着雷锋精神。

学习雷锋，就要学习其无私奉献、为人民服务的精神，学习其"做一颗永不生锈的螺丝钉"的敬业精神。为此，三明把学习雷锋精神结合到"满意在三明"活动，结合到践行社会主义核心价值观基层"最美人物"评选、"身边好人"评选、"道德评议"、道德讲堂、市民文明业余学校……通过持之以恒地开展工作，形成了人人争当雷锋的生动局面，传递了社会正能量，为建设文明三明提供了强大精神动力。

三明，因有了林瑞班、陈金刚等一大批为人民无私奉献的学雷锋先进典型而变得更加美好。林瑞班，从 1995 年 5 月开始定时无偿献血，奉献爱心、传播文明，到 1998 年 5 月发起组建全国首家无偿献血志愿者协会，如今个人献血量相当于 56 个成年人的体内血量总和，成为福建省无偿献血冠军。他的行动影响了一大批人，带动了近 3000 人参加无偿献血志愿者协会。陈金刚学雷锋小组 30 多年坚持为企业职工、社区居民义务补鞋、修理电器；市道德模范、梅列区青山社区个体理发师庄彩男，多年坚持免费为社区内行动不便老人上门理发……一个个践行雷锋精神的老典型，成了三明的"文明品牌"，影响带动了更多人参与文明行动，让三明变得更加和谐美好。

三明，因有了黄秀泉等一大批学习雷锋、弘扬敬业精神的典型而让各项事业发展更加顺利。"农技铁人""八闽楷模"——三明沙县农业科学研究所副所长黄秀泉，胸怀"让人吃饱饭、吃好饭"的梦想追求，虽经两次换肾饱受各种病痛的折磨，仍能兢兢业业，30多年奋战在试验田里。正是因为有了一大批像黄秀泉一样，在各行各业平凡的岗位上，用行动践行雷锋"做一颗永不生锈的螺丝钉"精神的人们，兢兢业业、敬业奉献，才使得三明更好更快发展。

三明，因有了王燕清等献爱心的典型，而把雷锋精神的种子播到全国。在天津经营沙县小吃的沙县高砂镇樟墩村村民王燕清，从2015年11月开始，在店内设立了"墙上的餐桌"，长期为需要帮助的贫穷病人及其家属捐助食物。今年春节，为不影响需要帮助的困难病人，她还放弃回家过年机会，春节不"打烊"。获评"'真情天津'十大人物"，上"中国好人榜"，王燕清当之无愧！2018年6月17日，旅途中的沙县医生罗奋源，在从新疆乌鲁木齐开往福州的T308列车上，伸出援手，成功抢救了一位心脏病病人。罗奋源的暖心善举感动患者，温暖一车人……正是像王燕清、罗奋源等一批学雷锋献爱心做奉献的同志，让全国人民进一步感受到雷锋精神永远在身边，也感受到三明人的文明。

三明学雷锋典型，在带动市民文明素质提高的同时，也让文明成为三明更加厚重的底色。新时代，传承弘扬雷锋精神仍有着十分重要的意义。我们要充分发挥雷锋精神的榜样作用，大力激发社会正能量，为实现中国梦提供强大精神动力。让雷锋精神焕发永恒的魅力，让我们为三明的"雷锋们"点赞！

（2019 年 3 月 20 日《三明日报》）

"不曾忘记的使命"彰显共产党员本色

6月30日,《三明日报》A1版以《不曾忘记的使命——追忆沙县"优秀共产党员"余昌李》为题,报道生前为中共沙县小吃同业公会驻上海联络处支部委员会书记的余昌李,自2004年响应党组织的号召,到上海负责小吃产业发展工作以来,为帮助更多的沙县老乡到上海开小吃店致富而竭尽全力,工作忙累到生命最后一刻,定格在"交流小吃产业发展工作的条条微信上"。他的事迹令人动容,感动了无数人。

那么,是什么原因驱使余昌李15年来,为帮助老乡到上海发展沙县小吃而忘我工作,忙累到生命的最后一刻?答案就书写在他点点滴滴的行动中。为了带头示范,余昌李自己先开店,通过吃苦耐劳、用心经营,小吃店渐渐红火起来。然而就在这时,余昌李却关了店门,而全身心投入小吃服务上。人们不解,疑问这是为什么。"作为一名党员,余昌李没有忘记自己来上海的使命是什么。开店只是为了告诉乡亲们,在上海也能把沙县小吃店开得很好。"不忘"为人民谋幸福"的共产党员第一身份,不忘为帮助更多沙县老乡到上海开小吃店致富的使命,这就是余昌李把刚开旺的小吃店关门的原因。

也正是因为余昌李把这"初心"和"使命"化为自身的价值追求,从而做到勇于担当,甘于奉献。余昌李在支部党员大会上做出承诺："有困难，找支部。"他这么说，也是这么做的。对上海的 1.2 万沙县小吃从业人员，无论是市场维权、证照办理、提供店面信息、开业指导，还是子女上学、医疗事故纠纷等，他统统倾心服务。从自己先开店示范，到致力沙县小吃挺进世博会，"让世界知道，沙县小吃不仅只有蒸饺和扁肉"，再到创立"悠品味"连锁品牌，后又毫无保留贡献出"悠品味"的成功经验在上海地区，乃至全国复制、推广……余昌李通过不断的努力，无私的服务和奉献，出色履行了党组织赋予的使命，创造了不凡的业绩，也彰显了一个共产党员的为民本色。

今年是中华人民共和国成立 70 周年。"为中国人民谋幸福，为中华民族谋复兴"是中国共产党人的初心和使命。初心如磐是中国共产党的精神密码，"两个一百年"奋斗目标是当代中国共产党人最重要最现实的使命担当。要实现"两个一百年"奋斗目标，需要千千万万的共产党员永远保持建党时中国共产党人的奋斗精神，永远保持对人民的赤子之心，甘于奉献，自觉践行党的根本宗旨，争做勇于担当民族复兴大任的时代新人。

余昌李不忘共产党员第一身份，出色履行党组织赋予他在上海发展壮大沙县小吃富民产业的使命，谱写了一曲新时代响亮的奉献之歌，彰显了共产党员的为民本色，展现了我市新时期共产党员"不忘初心，牢记使命"的先锋形象和精神风貌。

（2019 年 7 月 4 日《三明日报》）

乐见护绿造绿有新招

1月19日，尤溪县在坂面镇京口村启动"春节回家种棵树"活动，通过赠送树苗、现场植绿方式，鼓励大家在房前屋后和"路边、水边、村边、山边"见缝增绿、插绿，为建设宜居家园添砖加瓦。这活动可谓是发动群众参与护绿造绿的新招式、好招式。

好山好水好生态，打造好"绿都三明·最氧三明"品牌，离不开群众的力量。创造性地使用因地制宜、贴近群众的新招式，才能更好地激发群众参与护绿造绿的热情，发动更多群众为建设宜居家园添砖加瓦。为此，近年来我市各级各有关单位积极探索并取得了诸多成功经验。

2019年，我市在我省率先开启义务植树新模式，实施"互联网＋全民义务植树"网络参与项目——"我为三明增绿添彩"。这一新招式使市民更加便捷地参与到义务植树活动中。2019年，我市还出台了《三明市城市园林绿化管理条例》。此外，还有各地各具特色的种植"廉政林""党员林""团员林""知青林""劳模林""新婚林"等活动。一系列新招式，卓有成效地激发出了护绿造绿的澎湃力量，更好地推进了生态文明建设和国家森林城市建设。

近日被评为国家森林乡村的沙县夏茂镇俞邦村，为什么绿意醉人？关键原因就是不断出新招发动群众护绿造绿。为了保护后山林木，俞邦村通过宣传造势让村民认识到保护后山"风水林"对家族繁衍和生态发展的重要性，同时实施惩戒措施以及聘请专职人员巡山管理。特别是对已"违约违规"砍伐的村民，或罚其买白糖饼分发村民，或罚其在全村范围内敲铜锣广而告之认错。近年来又结合美丽乡村建设，乘势开展"绿化家园"活动，群众积极响应，在路边、水边植下新树，再添新绿。俞邦村正是因在引导、惩戒、管理、发动等方面，不断力创和实施因地制宜的新招式，从而动员更多群众参与护绿造绿。如今的俞邦村，古木参天，新树遍布，俨然一个"天然氧吧"，游客徜徉其间，无不心旷神怡。

春天来临，进入植树好季节，又逢发展森林康养产业好形势，我们应当抓住有利时机，通过执行好《三明市城市园林绿化管理条例》等法律法规，发挥法制在呵护我市醉人绿意的"硬约束"作用；通过开展"春节回家种棵树"活动等新招，充分发挥群众参与护绿造绿的"内动力"作用；既要有单位植树造林美化环境的"规定动作"，也要有群众因地制宜见缝增绿的"自选动作"……工作招式创新，则能更好地直抵人心。如此，才能让群众参与护绿造绿化风成俗，才能涌现出更多绿意醉人的"俞邦村"，才能更好地打造"绿都三明·最氧三明"绿色品牌。

（2019 年 7 月 4 日《三明日报》刊登，与俞其榕合作）

德不孤　必有邻

　　近日，一个"德不孤，必有邻"的故事火爆网络。7 月 21 日，某国产运动品牌在官方微博宣布，捐赠 5000 万元物资驰援河南灾区。22 日，有置顶的一条评论"感觉你都要倒闭了，还捐了这么多"。同日，网友为"舍不得开微博会员"的这一品牌充了十年微博会员，到 23 日其官方账号会员年数更被网友续费至 2140 年。与此同时，其线上线下销售火爆。

　　一个已淡出许多人记忆的国货品牌感动了众多网友，久违地站上了话题风口，令不少人感到意外。其实，稍加分析，其折射出了"德不孤，必有邻"的道理。

　　"德不孤，必有邻"意思是说：有道德的人是不会孤单的，一定有志同道合的人来和他相伴。企业，作为社会的一分子，是人格化了的组织，虽然直接目的是追求利润的最大化，但人们对其也有道德方面要求。企业道德从内部来讲，主要包括善待员工并让职工分享企业发展成果；从外部来讲，则表现为对同道和对社会的道德义务的自觉承担和精神担纲，有企业爱心、企业诚心和企业义心。上述品牌企业爆红出圈，重要原因就是关键时刻展现出了企业爱心，展现出了企业担当，发出了企业的道德之光。

　　人心向善，善举不被辜负。国产这一运动品牌的爆红不仅带动了线上线下品牌商品的销售量暴涨，还使得全国多个景区也加入支持。据不完全统计，截至 7 月 26 日 21 时，已有包括浙江杭州、江西婺源、湖北黄冈等地旅游景区以及湖南省岳阳市和平江县的文化旅游部门宣布，穿这一品牌运动鞋可优惠甚至免费参观景区。这些支持是一次正能量的释放，是一种"择其善者而从之"的见贤思齐，是对"故有德者，必有其类从之"道理的有力诠释。

企业道德的力量是巨大的，因为企业的竞争最终是对消费者的竞争。消费者不仅对产品质量、适用性很注重，而且会更愿意购买那些诚实经营、有社会责任感的企业生产的产品和服务，企业有美德就可以赢得更多的消费者。

道德之光不断闪烁，爱心的传递仍在持续。期盼类似"善引发善的动人故事"能够不断书写，展现中华传统美德的力量，展现人们团结一心的力量。

（2021 年 8 月 2 日《三明日报》）

93 岁上"开大",彰显人生新追求

9月23日,沙县区93岁高龄的退休教师邓仰清来到福建开放大学沙县工作站,报读开放教育农业经济管理(专科)专业,成为年龄最大的学员,引来众多人的好奇和点赞。

邓老有一颗火热的心,持续为老年事业无私奉献着。1995年以来,他先后在琅口和麦元村创办了老人活动中心和老人学校,创办"麦元学堂"(现改为乐龄学堂)。诗言志,邓老1990年在《福建老年报》发表《初度退休生活感赋》:"人生务必始终坚,休退生涯未敢偏。崛起中华仍有责,寸心犹把九州牵!"这正是他一心一意致力"学有所长、老有所依"农村老年事业心声。

事有所成,必是学有所成。自2005年"麦元学堂"创办以来,学员从20多人增到100多人,办学10多年,年均授课10多次,学员达两万多人次。邓老的事迹被《三明日报》《福建日报》等媒体广泛宣传。"麦元学堂"为什么越办越红火?邓仰清的课为什么越来越受欢迎?重要原因之一就是他坚持学习,让自己越来越有"料"。为授好课,他做到坚持老年大学学习和自学相结合;做到学习内容广泛,学习习近平新时代中国特色社会主义思想,学习朱子家训、曾国藩家训,学习诗文写作……做到精心备课,"每次上课至少要备课三五天",上课力求生动。正因此,他才能做到课讲得越来越好,来上课的人不断有新收获。

终身学习，才能紧跟时代发展步伐。时代在变化，知识在更新，只有不间断地通过学习为自己"充电"，才能持续地释放能量，才能跟上时代发展步伐。有人问邓仰清："93岁的高龄了，为什么还要参加开大的学历教育？"邓仰清朴实地回答："知识是发展的，是常新的。人的一生应该要确立终身教育思想，积极参加各类学习，老年人更应该老有所学，提高自己的综合素质水平。"他还说，"乡村振兴不是坐享其成，等不来、也送不来，要靠广大农民奋斗，我也要为帮助农民致富、维护农村稳定、推进乡村振兴做贡献。"因此，他选择了农业经济管理专业，力图通过系统学习专业知识，并学以致用——努力去启发民智，来实现他的"乡村建设"理想。邓仰清对专业的选择也昭示了他的人生新追求。

"活到老，学到老。"邓仰清的选择和追求，是我们终身学习，不断实现人生新追求的榜样。

（2021年10月14日《三明日报》刊登，与彭林英合作）

顺手之举　大善之心

最近，一则外卖配送员配送路上顺手灭了个火的短视频刷爆朋友圈，沙县外卖小哥热心"顺手"灭火之举"火"全城。

1月28日上午11时，停在沙县新城中路的一辆电动汽车发生自燃，正当大伙不知所措时，刚好在附近取完餐，经过那里的外卖配送员邓威见状，一边疏散人群，一边向车主要来灭火器，朝着车子底部灭火。消防车来后，邓威跟消防员讲述了当时现场情况后，离开现场，赶着去送外卖单子。原想顺手帮忙灭了个火，没想到会被拍下发到网上，很多朋友看到视频后来问他，他都一一否认。

这不禁让笔者想起另一则故事。船主让漆工给船涂漆。漆工涂好船后，顺便将漏洞补好了。过了不久，船主给漆工送了一大笔钱。漆工说："工钱已给过了。"船主说："这是感谢补漏洞的钱。"漆工说："那是顺便补的。"船主说："当得知我的孩子们驾船出海，我就担心他们回不来了。现在他们却平安归来，所以我感谢你！"

外卖小哥顺手之举，为消防员处理电动汽车自燃争取了宝贵的时间；漆工无意中的顺手之举竟救了贸然出海的船主之子。外卖小哥的职责是及时将顾客所买之物送到位，漆工的职责是漆船。但他们都站在他人的角度为他人着想而行职责之外的"顺手之举"。这"顺手之举"的背后是大善之心，也体现了他们善良、助人的优秀品质。

伟大出自平凡，英雄来自人民。外卖小哥、漆工都是茫茫人海中的普通过客，但善良、助人的优秀品质让他们不当冷漠的旁观者，而是做乐于助人的活雷锋。他们用内化于心、外化于行的善举践行着社会主义核心价值观，为文明社会增添了亮丽风景，标示着文明的高度。

我们推崇善举。白衣天使逆行冲向一线，消防官兵舍己救人，汶川地震中的老师用身体保护讲台下的学生……勇士们轰轰烈烈向世人展示了大爱，而更多千千万万的普通人则如外卖小哥、漆工一样，在自己平凡的岗位上默默奉献的同时，行"顺手之举"：公交车上给老人让个座，帮助邻居扔个垃圾，帮助忘记关电脑的同事关个电脑……不论是行大爱的勇士们，还是以"顺手之举"行善的普通人，他们在灵魂上一脉相承，都是在用善举诠释着人性之美，这值得大家推崇，值得我们共同点赞！

（2022年2月10日《三明日报》）

乡村"人才振兴"须做到"三结合"

6月22日,《三明日报》"本市新闻"报道,沙县区出台措施,回引98名35周岁以下大学生到村担任村两委干部,让乡村振兴有了更强的人才支撑。

乡村振兴,人才是关键。产业兴旺、生态宜居、乡风文明、治理有效、生活富裕都需要人才,人才是乡村振兴的第一资源。当前,人才短缺是乡村振兴的主要难题。如何采取有效措施做好乡村"人才振兴"? 笔者认为,须做到"三结合"。

综合型人才和专业型人才相结合。乡村振兴是一项系统工程,需要基层党建、文明建设、乡村治理、乡村规划、产业发展等多方面的综合知识,这必然需要综合型人才来支撑。同时,乡村振兴许多工作需要极强专业性,不论是乡村规划,还是产业发展,或是农产品网络营销……都需要内行人来做专业事。综合性人才越多,越能把握好全局。专业性人才越多,工作越具精准性、科学性。综合型人才和专业型人才相结合,乡村振兴才能做到因"村"制宜、千村千策,更富成效。

用好"土秀才"与招才引智相结合。"土秀才"是乡村"人才振兴"的源头活水。乡村振兴首先要立足当地实际用好"土秀才"。乡村振兴与"土秀才"自身利益密切相关,"土秀才"熟悉当地情况,关心、重用他们,必将激发他们建设家乡时不我待、全力以赴的干事热情。而外来人才具有更加开阔的视野和见解、先进的经验和技术，持续探索我市"党群服务中心＋人才驿站"二位一体党建引领人才服务等模式，多举措招才引智，则将为乡村振兴添柴加火，让乡村振兴更易闯出新路子、好路子。用好"土秀才"与招才引智相结合，强强联合，才能不断加快乡村振兴步伐。

做到培养人才与使用人才相结合。尤溪县八字桥乡择优选择政治素质过硬、实践经验丰富、群众工作能力强的同志为帮带导师，通过"师带徒""老带新""强带弱"等方式，不断提升新任村书记、软弱涣散村书记及年轻干部干事能力的做法，也是乡村"人才振兴"的一个好举措。因地制宜做好人才培养，才能不断壮大留得住、用得上的乡村振兴人才队伍。而打好"组合拳"为内外人才提供优质服务保障，提供干事创业舞台，充分发挥人才作用，才能激发他们在乡村振兴中的澎湃热情，安心、专心干好事业。做到培养人才与使用人才相结合，才能使"土秀才""人才回引"等各类精英的创造活力竞相迸发、聪明才智充分涌流，为我市乡村振兴汇聚磅礴力量。

（2022 年 6 月 24 日《三明日报》）

强责于心　履责于行

连日来，一位列车司机生命最后五秒救了整列火车乘客的感人故事传遍全国。

6月4日上午，D2809次旅客列车司机杨勇，在列车行驶到贵广线榕江站前的月寨隧道口时，敏锐地发现隧道口发生了泥石流！危急关头，杨勇在5秒内果断紧急制动，列车滑行900多米，没有颠覆坠落，143名旅客平安，只有他所在的驾驶室损毁最重，他不幸以身殉职！意外来临，杨勇用生命践行了他的职业素养，成了英雄。

无独有偶。去年7月，四川广安公交司机宋质民行车途中突然发病，在生命的最后15秒，"先刹车，再去世"，救了路人和车上的16名乘客。去年8月，北京顺义公交司机王舰也在行车途中发病，他最后一串动作是拉手刹，摆手让乘客换乘，接着他趴在方向盘上再也没有醒来。他们都是最普通的司机，但在最危急时刻，都用自己生命诠释了"什么是职责"。

意外来临关键时刻，履责于行，成为英雄的，不仅仅是"肩负着不只一条性命重任"的司机们。"5·12"汶川大地震中，四川东方汽轮机厂职工大学教师谭千秋张开双臂，为学生撑起一方安全地带，用生命诠释了爱与责任的不朽师魂；"两弹一星"功臣郭永怀，在飞机坠毁的短短10秒间，寻找到装着热核导弹试验数据材料的重要公文包，与警卫员紧紧地把它用身体包裹了起来……

　　杨勇为什么能够做到生命最后五秒奇迹般地救了整列火车乘客？关键就是做到强责于心，履责于行。在杨勇的司机手账上，坚定的笔迹清晰可见："没有错停，只有盲行，停车免责，盲行重处。"厚厚的手账内页几乎写满，记录着杨勇每一趟车出乘前的运行关键点和安全预想内容……这一笔笔的详细记录，就是杨勇知责于心、履责于行的最好诠释。也正是因为杨勇强责于心而努力提高履职本领——做到"把紧急制动形成肌肉记忆"，才能在意外来临第一时间做出反应，创造奇迹。

　　强责于心、履责于行的杨勇、宋质民、王舰、谭千秋、郭永怀，为我们筑起了一座座精神丰碑。英雄可敬！精神可学！学习杨勇们，就是要强责于心，立牢担当之志，心怀为民情怀；就是要履责于行，恪守为民职责，有始有终尽职尽责；就是要刻苦训练，努力提高担当之本领，善于作为，善于履责；就是要让"强责于心、履责于行"成为我们的"肌肉记忆"，就像我们走路，不必考虑先跨左脚还是先跨右脚。唯此，我们才能彰显新担当、展现新作为、建功新时代。

（2022 年 6 月 29 日《三明日报》）

由共享单车的"烦恼"所想……

时下，国内许多城市都在推出共享单车，此举大大方便了老百姓的出行。

然而，这些给老百姓带来便利的共享单车却遭到了一些人的恶意破坏：有的车被停在路中间、丢到河里、挂到树上；有的甚至被破坏得遍体鳞伤；还有甚者，将共享单车涂改车身，另加锁，变成"私"享单车……

面对共享单车的"烦恼"，各种说法都有。但笔者认为，这与部分公民慎独修养不够有很大关系。

所谓慎独，是指人们在独自活动无人监督的情况下，凭着高度自觉，按照一定的道德规范行动，而不做任何有违道德信念、做人原则之事。

可以想象，给共享单车带来"烦恼"的那部分人，应该是在背着众人或者自以为不会被人认出的情况下，才敢放任"恶"意膨胀，干出不文明的行为。试想，当着众人，他会做出这些不文明的行为吗？大部分人应该不会。敢干不文明不道德之事，根源是他们慎独修养不足，没有了自律的自觉性。

缺乏慎独修养是可怕的。做不到慎独，就很难防微杜渐，就很容易生出"恶"胆，时间长了就成"恶习"，本靠慎独修养能够消灭的"小瘤"就有可能长成"大瘤"。因此，可以这么说，慎独有时还决定着一个人的命运。

需明白这样一个道理：任何事情，只要你做了，就已经客观存在，用"没有人知道"来欺骗自己是十分愚蠢的。俗话说"若要人不知，除非己莫为"。错误的、不道德的行为，即使在暗处，也早晚会暴露。

慎独，不仅要求在大是大非的情况下做到，而且要求在"微"小情况下也能做到。一个社会人，不管高贵还是卑微，富有还是贫穷，年长还是年少，都要讲慎独修养，坚持自律，让慎独内化于心，努力使言善、行善、思善成为生活习惯。

只要大家的慎独修养"增"上去，共享单车的"烦恼"就会"减"下来。

（2017 年 4 月 17 日《三明日报》）

第七辑

理财哲思

果断止盈才能成为股市"赢家"

投资赚到了，是见好就收，还是继续放长线，这是常见的选择题。

读过一个用捕猎机捕野鸡的故事。

捕猎机像一只箱子，用木棍支起，木棍系着的绳子一直接到人隐蔽的灌木丛中。野鸡受撒下的玉米粒诱惑，进入箱子啄食，绳子一拉就大功告成。

这天，猎人进了林子，支好箱子，藏起不久，就来了9只野鸡。不一会儿就有6只野鸡走进了箱子。猎人正要拉绳子，又想，那3只也会进，再等等。可等了一会儿，不但那3只没进，反而走出了3只。他有点后悔，心想，哪怕再有一只进去就拉绳子。接着，又有两只走了出来。如果这时拉绳，还能套到一只，但他对失去的好运不甘心，对自己说，总该有的还会进去。结果，最后一只也走出来了。

猎人由于贪婪，导致一无所获。这让我想起另一则故事。

一家企业宣布，谁能追回一笔30万元的货款，就把其中的10万元奖励给他。员工纷纷出马，却无功而返。后来，员工老王申请试试，两天后就将追回的21万元货款交给了老板。原来老王告诉对方只需交21万元就可结清，对方终于还款，他也得到了1万元的资金。

老王没有紧盯那难以得到的"10万元"目标，而是主动舍弃9万元，把赚点定在"够得着"的1万元，因此，他成功了。毅然弃"大"取"小"，虽赚得"小"，却体现了老王的一种思路：不要过度追求难以做到的利益最大化，而要果断"有所舍"才能"有所赚"。

炒股的人大多深有体会：手中的股票开始赚钱时，总是想再看看，还会再涨，等等再卖。殊不知，机会稍纵即逝，贪多不仅难以赚到更多，甚至连原本得到的也失去。于是，有了"炒股要学会止盈"的说法。

所谓止盈，通俗地说就是见好就收，当股票有一定利润时，锁定利润，卖出手中的筹码。朋友老彭平时注重学习，认真选股，既不选过分冷门的股票，也不选过分热烙的股票，只选经比较认为"将热未热"的股票。选好股后，当即买入。更重要的是他每次锁定8%"止盈"目标，到位即卖，即使卖出之后连续涨停也不后悔，而是将精力转去选其他"将热未热"的股。几年下来，赚得钵满盆满。老彭的经验就是不贪"大"而善于果断止盈。

股市中，谁也无法做到最低价买入，最高价卖出。股民朋友们要吸取猎人因贪婪而误失良机的教训，借鉴企业员工老王弃"大"取"小"的思路。不要过于贪婪，而要多一分静气，像老彭那样果断止盈，才有可能成为股市"赢家"。

（2020年6月30日《三明日报》）

舍"小本"才能稳"大财"

必要时舍"小本"才能稳"大财"。也许有人会说:"这道理谁不懂。"然而,实际中一些人往往就没做到。

前几年,有一对到国外骑行旅游的中国夫妇,舍不得买几百元钱的旅游保险,没想到骑行中出了车祸,被送往医院治疗,欠下了几百万元的医药费。这对骑行游夫妇如果当时能花几百元"小钱"买旅游保险,就能做到财务稳定,就不至于欠下一大笔债务。

从经济学角度说,这对骑行游夫妇没有很好地去权衡成本的损益,不重视用"小本"来保已有财富的安全性、稳定性,加上心存侥幸,因此,意外的车祸才会导致其破"大财"。

经济学中有一个"机会成本"概念。什么是"机会成本"?打比方说你有一笔钱,想投资一个项目,现在有房产、医疗、新能源三个项目可选,每个项目要求的资金门槛都不低,你的钱只够投一个项目,你如果投资了医疗,就没有投房产、新能源等两个项目的机会了,这就叫"机会成本"。

稳"大财"就要舍"小本",遇到"机会成本"选择时,还需有智慧的、长远的眼光。

会计专业在校大学生小罗想利用假期赚点钱,面临两个选择,一是帮助一个广告公司跑跑腿发发宣传单,月资 2500 元;

另一选择是协助一家大超市的会计做账，月资 2000 元。小罗选择了去大超市协助会计做账，月收入少了 500 元。

大学生小罗的选择无疑是正确的。因为"机会成本"道理提醒我们，既要明确选择，也要懂得放弃。不能只盯着眼前某项带来的收益，还要纵观全局，着眼长远。倘若他选择到月资更高的广告公司跑跑腿发发宣传单，时间花费在与专业无关的低效劳动上，就等于放弃了用假期时间来提升学业技能的机会，放弃了可能因专业技能提高而带来的远期"高收益"。小罗眼前看似月收入少了 500 元，但从专业成长角度和远期收益角度来看，实质上，小罗更加智慧地践行了舍"小本"稳"大财"的理念。

必要时舍"小本"才能稳"大财"，道理虽浅显，但我们要牢记之，更要践行之。

（2020 年 8 月 4 日《三明日报》）

有好故事的产品不愁"嫁"

有句古话"皇帝的女儿不愁嫁",套用一下,我要说:有好故事的产品不愁"嫁"。

绘画天才毕加索每当出售他的画前,都会先办画展,召集大批熟识的画商来听他讲故事,讲作品的创作背景、创作意图、相关的故事。人们感兴趣画背后的故事,于是故事里的画也就更有深意,就不愁"嫁"了。

有人拿凡·高与毕加索对比,同样是天才画家,毕加索的画卖得好,一生过得富有,而凡·高虽然一生画了900多幅油画,但有生之年却只卖出过一幅画,穷过一生。他们人生的境遇为什么会有天壤之别?重要原因就是:毕加索是一个故事大王,每一幅画都植入故事,先"卖"故事再卖画,而凡·高只会默默作画。

的确,作品有好故事才有可能不愁"嫁"。好故事,是一种隐藏在经济活动中的情感商品,爱听故事是人的天性。作品植入好故事后,客户购买的不仅仅止于物质,还将上升到精神层面,可能多一分享受,多一分体验。因此,不论是艺术作品还是其他产品,有故事,在市场上就更有优势。天才的毕加索正因为深谙此道,为绘画作品植入精彩故事,从而让自己的绘画作品不愁"嫁"。

推而广之，让我联想到旅游精品的打造和推销。凤凰古城为什么成为旅游热门？很重要的一点是因有了沈从文的名著《边城》故事；浙江乌镇为什么赫赫有名？重要原因之一是乌镇诞生了作家茅盾，发生过许许多多动人的故事，孕育过《子夜》《春蚕》中的人物原型；我市明溪紫云村为什么成为全国有名的观鸟胜地？这与村民杨美林爱鸟、护鸟的传奇故事有关；沙县俞邦村为什么成为我省的金牌旅游村？这和"沙县小吃第一村"的创业故事紧紧相连……

再引申一下，推销"乡村旅游"也是推销产品。挖掘和讲好乡村旅游故事，就是打造有故事的产品。这也是毕加索等故事给我们的启示。有好故事的产品不愁"嫁"，有故事的乡村旅游，游客见到的何止是山、是水？又何愁不会受到游客的追捧？

（2021 年 3 月 9 日《三明日报》）

旅游增收机会藏在"与众不同"里

4月11日，央视《焦点访谈》报道了湖南省岳阳市张谷英村和常德市西湖管理区的西洲牧业小镇，通过特色小镇"特"起来，让更多居民从旅游业中获益的故事。

湖南的这两个特色小镇的特点各不相同。一个是立足"旧"，充分利用古村已有特色，在保护传承中打造鲜明的个性。一个是立足"新"，抓住一根牧草，成就一方新产业新特色。虽然这两个地方着眼的产业不同，气质迥异，但都因为找到了适合自己的旅游发展路径，努力在"特"字上进行挖掘做足文章，从而源源不断地给当地群众带来旅游收入。

通过做足"特"文章，使当地群众吃上"旅游饭"致富的例子在我市也不少。

沙县区夏茂镇俞邦村借力"沙县小吃第一村"品牌，延伸小吃旅游业态，将闽西北第一个中共基层党组织——中共沙县特别支部旧址、红边茶厂、龙峰溪漂流等旅游景点串联成线，为游客提供多元化、沉浸式的乡村游体验。不少游客慕名而来，品尝地道的沙县小吃，尽享美丽乡村迷人景色。

明溪县夏阳乡紫云村白鹇谷里的"唤鸟人"——杨美林老人几声呼唤，让密林间的白鹇如约而至。一个个观鸟游客不禁瞪大双眼，屏息静观，啧啧称奇。各类珍稀鸟类的栖息天堂——紫云村，建成多处观鸟摄影棚、观鸟走廊和民宿，做强了"生态观鸟＋森林康养"产业。

俞邦村和紫云村的特点也各不相同。俞邦村立足"沙县小吃第一村"品牌的"特"字做足文章，让村民在家门口做小吃照样能赚钱。紫云村则立足"奇"，通过充分利用丰富的鸟类资源优势，做足"奇"特色，做活了鸟类天堂"旅"文章。

随着人们生活水平的不断提高，曾经可有可无的旅行，如今已变成部分人的刚需。各地都在乘势发展旅游业，要在吸引游客上胜人一筹，则需在"新""奇""特"上做文章，给游客以别样的体验，才有可能成旅游热门打卡地，才能给当地群众带来源源不断的收入，不仅吃上而且吃好"旅游饭"。因此可以说，旅游增收机会就藏在"新""奇""特"的"与众不同"里，旅游发展"与众不同"才能胜人一筹。

（2021 年 5 月 18 日《三明日报》）

第八辑 / 民间民俗

重阳登高

关于重阳节登高的由来，有多种说法。

其一，据北宋宋敏求的《长安志》记载：汉朝以长安为京城，在长安附近有一个小高台，每到重阳节，人们便会纷纷登上小高台，欣赏秋天美景，因为所登的山为小高台，故有"登高"之说。

其二，《易经》中把"六"定为阴数，把"九"定为阳数。古人认为"九为老阳，阳极必变"，九月九日，月、日均为老阳之数，不吉利。加上古人对山神极为崇拜，认为山神能使人免除灾害，所以在"阳极必变"的重阳日子，要登山拜神以求吉祥。古人还认为重九之时，天气下降而地气上升，天地二气相交，不正之气弥漫，登高山才能避免接触不正之气，避开重九之厄。

其三，农历九月九日具有"宜于长久"的吉利之意。汉末曹丕在《九月与钟繇书》中说："岁往月来，忽复九月九日。九为阳数，而日月并应，俗嘉其名，以为宜与长久，故以享宴高会（即登高会）。"

此外，还有源于"桓景登山避灾"的传说，以及缘于适逢成熟季节而登高采集……

总之，重阳登高主要缘于人们祈福辟邪的美好寓意。但笔者认为，除以上原因外，还有诸多方面可能值得我们研究探讨。由于我国陆地广大深远，江山辽阔，人们须登高才能望远，登高处才能把握全面，登高还能"使人有凌云意"而心存高远，于是渐渐形成"以大观小"的审美特征。

"以大观小"是北宋沈括提出的绘画美学思想，是中国山水画特有的散点透视法。这种方法"如人观假山"，是从高处进行全面的审美观照，可使画面包含更多的景象。运用这种方法，山水画家从高处观察上下四方，把握大自然的内部节奏，把全部风景组织成一幅气韵生动的艺术画面，鸢飞鱼跃，万物各得其所。审美观对人的行为产生很大影响，因此，国人这种"以大观小"的审美特征，或许也是助推重阳登高习俗形成不可忽视的原因之一。

另一方面，或因不少著名诗人以诗篇记载了重阳节的登高活动。

李白《九日登巴陵望洞庭水军》："九日天气清，登高无秋云。"杜甫《九日》中写道："去年登高郪县北，今日重在涪江滨。"孟浩然《寻菊花潭主人不遇》中说："主人登高去，鸡犬空在家。"张谔《九日宴》中写道："秋叶风吹黄飒飒，晴云日照白鳞鳞。归来得问茱萸女，今日登高醉几人。"王维的《九月九日忆山东兄弟》更是流传千古，他的"独在异乡为异客，每逢佳节倍思亲。遥知兄弟登高处，遍插茱萸少一人"表达了诗人重阳登高，怀念故乡兄弟之情，感慨节日中骨肉不能团聚。笔者认为，一首好诗可以影响一代人甚至几代人。因此，文人墨客诗文的影响或许是重阳登高习俗形成的另一重要缘由。

（2021 年 10 月 15 日《三明日报》）

夏茂补冬食俗

冬至是养生的大好时机，因为"气始于冬至"。从冬至开始，生命活动开始由衰转盛，由静转动。此时科学养生有助于保持旺盛精力、阳气生发、预防早衰，达到延年益寿目的。药补不如食补。经过数千年发展，已形成众多地方特色各异的"补冬"食俗文化。

在沙县夏茂一带，有"吃'圆仔'补元气"的说法。夏茂圆仔加工方法比较简单：用籼米稍浸泡，加水磨浆，加少许盐后，入锅煮熟，起锅搓成一粒粒约围棋大小的球状"果子"即可。食用时，先将切碎的白菜，切条的香菇、虾米、细条肉丝等一起煮熟，再取若干量"圆仔"加入煮开，既美味可口又营养丰富的煮"圆仔"就可享用了。

夏茂人还有食用黑枣桂圆烧蛋进补的食俗。制作黑枣桂圆烧蛋的主要原料：桂圆干、黑枣、鸡蛋、红糖或冰糖、冬酒。做法是：先将剥好的桂圆干、黑枣快速冲洗一遍，放入煮锅内，加适量水、糖；再用大火将桂圆、黑枣水煮开后调成小火，慢煮约15分钟；见桂圆、黑枣泡开胀大后，将鸡蛋直接打入汤中，中火将鸡蛋滚一分钟后，再调成小火焖约1到3分钟，加入少量夏茂冬酒。于是，一道色、香、味俱全的温中益气的滋补美食制作完成。

逢冬至来临，夏茂人会先到市场选购相关补品和煮"圆仔"配料。许多人冬至头一天就将"圆仔"做好。冬至当日，天还未亮，家中主妇早起生火准备，早餐时全家人一起享用热气腾腾的黑枣桂圆烧蛋和"补元气"圆仔，吃后浑身暖和，满脸红光。

（2021 年 12 月 28 日《三明日报》刊用，与彭林英合作）

夏茂中秋吃芋包

中秋节吃芋包，是沙县区夏茂镇一带的习俗。

芋包，又称芋饺、芋包子，为沙县特别是夏茂一带的传统美食。2000年9月，沙县芋包被中国烹饪协会认定为"中华名小吃"。

沙县芋包尤其夏茂芋包独具特色，名闻遐迩。夏茂土地肥沃、气候温和、水源充足，出产的芋子品质良好。每年进入农历七月后，新芋上市，心灵手巧的夏茂主妇们便花心思将芋子加工成各种美食。用夏茂生产的芋子制成的芋包皮，可做到滴水不漏地包住馅料，不论是蒸还是煮都不会漏馅。夏茂芋包成品色白，形状独特，呈三角形，吃起来嫩滑软糯，鲜美可口。食用芋包不仅成为夏茂中秋习俗，就是平时到夏茂的客人也都期盼主人能够上一道芋包。

夏茂芋包加工程序挺多。首先是挑选鸡蛋大小的芋子（当地称"芋蛋"）洗净、煮熟、剥皮，趁热用锅铲将芋子拍烂至无颗粒，揉入碾碎的木薯粉。一般芋泥与木薯粉的比例为3:1（喜欢有嚼劲的，则多放点木薯粉），揉成软硬适中的面团形状，作为皮胚待用。

其次，准备馅料。先将泡发的笋干，香菇、猪瘦肉或虾肉等馅料切丁拌匀；后起炒锅，放少许油料，葱头焓锅后，倒入切丁馅料，加酱油、盐巴，炒熟，起锅，放少许味精，拌匀，晾冷备用。

再次，将皮胚切成小剂子，以木薯粉搭手，将小剂子捏成杯状，舀入晾冷的馅料，包成三角形，芋包即做成。

最后，备芋包汤。芋包用鸭汤，也是夏茂人的习惯。夏茂人中秋一般会杀只鸭子，在鸭汤中加酱油、盐巴、味精、麻油、猪油、葱花、酸醋和辣椒，芋包汤即准备完毕。

到用餐时间，往锅加水，烧开，放入芋包煮熟捞起，盛入已调好的鸭汤碗中，即可食用。当然，食用时，酸辣也可由食者根据自己口味喜好自调。正所谓"众口难调自己调"。

每到中秋，夏茂各家主妇便早早起床，施展技艺，做上几斤既好吃又好看的芋包子。中秋团圆好日子，一家人美美地享受一番鸭汤芋包，那美味似乎永驻味蕾，食之不忘。

由于夏茂芋包加工程序复杂，选材讲究，以前只有到了夏茂，才能吃上这一地道美食。如今，随着沙县小吃产业的转型升级，已开始加工冷冻芋包预制品，远在外地的客人也可享受到夏茂芋包的美味。不过，吃是讲究环境氛围的，如能到夏茂旅游，特别是到"沙县小吃第一村"俞邦村的"寻根追味"美食街，在熙来攘往的热闹中品尝夏茂芋包，更是别有一番风味。

（2022年9月9日《三明日报》）

中秋扫墓习俗

海上生明月，天涯共此时。中秋节，人们首先想到的习俗是团圆、赏月、吃月饼，却很少有人想到还有一个习俗——中秋扫墓。在我的家乡沙县夏茂、高桥一带，有中秋扫墓习俗，即：每年农历八月初一至十五，前后15天为扫墓时间。

民俗专家认为，中秋扫墓与清明扫墓一样，源自中国古代祭祀文化。古人有"春祈秋报"思想观念，认为春耕时节需要向天地、祖先祈福，保佑一年风调雨顺、农稼丰收；至秋收之时，则需要向天地、祖先表达感恩和喜悦之情，所以古时帝王秋祭有向天地、祖神进献"佳禾"的内容。"春祈秋报"是古人春秋二祭的思想基础，也是清明扫墓和中秋扫墓的思想基础。清明节后来逐渐成为官方着重推广的扫墓节令，广为人知，相较于清明扫墓，中秋扫墓习俗集中在部分地区。

为什么沙县夏茂和高桥一带、尤溪、大田、三元等地区，祭扫祖先坟墓不选在清明节而选在中秋？人们分析，那是经过漫长的文化苦旅逐渐演变而来，主要原因有三。一是人们居住在山区，祖先葬于山头之上，离住家有段路程，清明时节是春耕大忙的黄金季节，春争时夏争日，时间上不容许清明扫墓；中秋是夏收夏种大忙之后的农闲季节，时间上准许。二是古时候人们的生活较为贫困，清明春耕生产又得投资，此时既无钱又无物，中秋有上半年的劳动成果，扫墓时有物可供。三是清明时草木处于生长旺盛期，农历八月则已进入秋季，多数草木生长旺盛期已过，此时扫墓，清除杂草后的坟墓将有大半年以上一派洁净。因此，选在中秋扫墓，是"春祈秋报"思想与实际情况相结合的智慧产物。

中秋扫墓时节，一家大小带上锄头、柴刀，每到一个山头的先人坟墓，先清除杂草、清沟培土，之后在墓顶、墓手处挂上纸钱；再摆上祭品，继而点燃香烛、焚烧纸钱、燃放鞭炮；最后一起祭拜，才转下一个坟墓祭扫。祭扫毕，人虽离场，但风在吹，墓顶、墓手的纸钱仍在飘，尽显子孙孝心。

中秋扫墓通常要持续好几天，先是祭扫宗族的始祖墓，然后祭扫姓氏支系的祖墓，再祭扫家族私墓。由于宗族关系庞杂，祖墓不少，宗族族亲一般一起共同祭扫。为增进感情和宗族团结，一般扫祖先公墓时，会安排共进午餐。餐桌上，族亲们共叙祖先的辉煌，并鼓励后辈奋发进取，光宗耀祖。

中秋扫墓是件大事，许多外出做小吃的夏茂人都不愿错过这个对先人表感恩、表孝心和缅怀的机会。每年八月中秋扫墓时节，不论是动车上还是夏茂客运班车上，常有这样的对话："阔厝扫墓？""匠是。"（注：夏茂话"阔厝"意思是"回家"，"匠是"意思是"正是"）。

（2023 年 9 月 29 日《三明日报》）

第九辑

我爱沙县

多彩虬龙桥

到沙县品尝小吃，如果不来访一访虬龙桥，那是件遗憾的事。

虬龙桥在七峰叠翠景区。来到悬索桥南桥头的七峰广场，可看到景区门牌上，由沙县走出去的厦大著名教授邓子基题写的"七峰叠翠"四个大字；可看到门两边由著名书法家罗钟书写的对联："地耸翠屏纳古涵今同撑起东南半壁，门迎珠履寻幽览胜宜攀登远近七峰。"

七峰叠翠的命名，相传源于两宋名臣李纲（宋宣和元年六月至次年六月谪居沙县），当年他游沙溪时，曾赋诗"平溪绿净见游鱼，十里无声若画图"。见河边七座郁郁葱葱、连绵不断的小山峰，李纲由西到东为其取名：碧云峰、桂花峰、凝翠西峰、凝翠东峰、真隐峰、妙高峰、朝阳峰，并称之"七峰叠翠"。

2017年，沙县县委、县政府依托现有景观，建设七峰叠翠景区，打造沙溪山水风景区、闽学人文体验区、城市旅游目的地，为此沿着七座山峰建起了虬龙桥栈道。虬龙桥全程采用钢结构镂空步道，两旁安装上可不断变换颜色的彩灯。

为什么叫虬龙桥？

传说，沙溪河沙县城关段有一长角小龙，古代称有角龙为虬龙，所以称此河段为虬江，因而取名虬龙桥。

在虹龙桥，你可体验诗词之美。虹龙桥两旁，每间隔一小段就有杨时、罗从彦、李侗、朱熹等闽学四贤诗词牌子；一路休憩亭的墙上，或镂空刻着沙县先贤曹龙《凝翠西峰》、陈渊《凝翠东峰》和李纲《真隐峰》等诗词，或镂空刻着李商隐《菊》、李贺《竹》、王安石《梅花》、康熙皇帝《咏幽兰》等诗词。有位游客说："一路欣赏诗词，陶冶了情操，一股股向善向上的力量不断涌上心头。"

在虹龙桥，你可体验风景之美。漫步在蜿蜒盘旋而上的"龙身"，吸着富含负氧离子的新鲜空气，听着悦耳悠扬的古筝乐曲，看着郁郁葱葱的翠绿青山，欣赏着河中的美丽倒影，心旷神怡。在这，还会时不时见到健步如飞的锻炼者，欢蹦乱跳的小孩儿，穿红着绿拍照打卡的姑娘，不同肤色的老外，听到陌生的各地口音……在此漫步，让人流连忘返。

虹龙桥旁有一座U形玻璃桥，玻璃桥长60米、宽3米、高34米。置身其中，对不少人是一种惊险体验。你瞧，那位红衣姑娘透过脚下透明玻璃看绿色河水，虽手已紧抓护栏，但仍然腿脚发软，发出尖叫声。

再往前走，移步登上凝翠阁，整个城区尽收眼底。北观沙溪，水中倒影，别有韵味；五座大桥贯通两岸，让人想起"一桥飞架南北，天堑变通途"诗句。望对岸，林立高楼、城隍庙、宝严寺、文昌阁、东门古街景点清晰可见；远眺西北方向，淘金山上的舍利塔轮廓分明；远眺东南方向，动车三明北站依稀可见……

如果你想看虹龙桥的全景，对岸文昌阁是最佳观察点。白天，虹龙桥如安静的青龙，顺着河岸盘旋而上，曲线玲珑，影映沙溪。夜晚，虹龙桥则是条飞动的巨龙。你看，那红、黄、绿等五颜六色的彩光，在桥身由低到高轮流滑过，恰似虹龙腾飞而起。灯光秀开启，伴着音乐节奏，千百束不同颜色的射灯光宛如千百位舞者，舞之蹈之，变幻莫测，让虹龙桥显得更加美轮美奂。

沙县博物馆就在虹龙桥旁的凝翠阁。在这，可以了解千年古邑沙县的历史沿革、崛起历程、历代名人、民俗与非遗文化；可以穿越时空感受古时繁荣的商贸经济，感受当年"五步一塾、十步一庠"的盛况；还可以站到真隐塔旧址上，怀古望今，感受时代变迁。

你看，能给你带来这么多美的享受，到沙县不来访一访虹龙桥，难道不是件遗憾事？

（2023 年 3 月 13 日《三明日报》，3 月 26 日学习强国平台采用）

县域旅游发展要在"特"上下功夫

据报道，每晚七点半、九点两个时段，福建省沙县七峰叠翠公园都要上演"最美沙县"灯光秀，极具视觉与听觉冲击力，吸引了众多来自全国各地的游客。沙县因为打造了独具特色的夜景工程，开发了城区夜间旅游价值，有效推动了县域旅游业向纵深发展。

像沙县这样因注重特色化旅游发展而成功的例子还有很多。"汉唐古镇、两宋名城"福建泰宁古城的城区游，因其富有特色的进士街、尚书街、九举巷、古建筑群落以及别具一格的新徽派翘角仿宋古城建筑，吸引了众多游客。乡村旅游方面，浙江桐庐的荻浦村"妙"笔描绘美丽乡村，在挖掘古孝义、古树、古戏曲、古造纸等四大特色文化的同时，将曾经的"牛栏"和"猪栏"变成时尚而又有情调的"牛栏咖啡"和"猪栏茶吧"，吸引大批游客慕名而来。福建明溪县夏坊乡中溪村，打造"鸟友之家"，推动乡村生态观鸟旅游发展，吸引了大量国内外野生动物摄影师和观鸟爱好者。

无论是沙县、泰宁的城区游，还是桐庐荻浦村、明溪中溪村的乡村游，都是因为注重"特色化"而走活了旅游发展"一盘棋"。

随着生活水平不断提高，旅游变成人们生活的重要组成部分，各地也乘势借势做大旅游经济"蛋糕"。然而，不可否认，一些地方旅游"火爆"的背后也暴露出"特色化"不足等问题，出现了旅游发展"城城相似""千村一面"的"同质化"现象。具体表现为：规划粗放、缺乏特色、缺乏创新；文化内涵不足，经济带动作用不强；管理方式粗放，服务和基础设施跟不上等。

笔者认为，实现"特色化"、避免"同质化"需要在以下几方面努力。

一是规划先行，差异化开发是旅游发展实现"特色化"，避免"同质化"的重要前提。要多些差异化开发，少些雷同化模仿，这样才能更好克服和解决城区游大多是一模一样的人造"古街"和乡村旅游大多是"村头吃饭、棚里吃果"的"同质化"问题。

二是深挖当地文化 DNA，打造个性化品牌是旅游发展实现"特色化"，避免"同质化"的重要手段。旅游特色大多体现为文化之特。各地文化、民俗均不同，如果能深挖当地文化和民俗DNA，就能像桐庐获浦村一样，打造出"特色化"文化旅游产品。同时，精心创意，注重创新，是打造"特色化"旅游的重要手段。福建沙县正是因为精心创意、注重创新，才打造出"最美沙县"灯光秀这个夜间旅游的个性化品牌。

三是作好"特"文章，还需好的"软硬件"基础支持，这样才能让旅游发展"叫好又叫座"。要让旅客"乘兴而来，尽兴而归"，就必须做到"软硬兼施"，既要抓好便利的交通、住宿等旅游基础性建设，又要为游客提供优质服务。如此，才能避免"看上去很美、玩起来很坑"，才能更好地吸引"回头客"，增加"新游客"。

目前，我国旅游业发展已进入高质量发展阶段，各地各有关部门应采取积极措施，注重"特色化"，力避"同质化"。如此，才能有效解决旅游发展中一些地方或一些景区风光一时，不久却门可罗雀的"昙花一现"问题，让旅游产业走上可持续健康发展之路。

（2019 年 3 月 4 日《中国旅游报》）

虬城老街巷缘何吃上"旅游饭"

现在到沙县区的游客，大多会去提升改造后的城区六街巷片区逛一逛，漫步古色古香的老街巷，或拍拍照，或品品咖啡，或来些小吃……为何游客爱逛老街巷？探究其中原因，笔者认为主要有以下几个方面。

老街巷不一样的"曲"之美是游客爱到此打卡的原因之一。现在都市高楼林立，几乎没有留给曲线扭动回旋的余地，低矮之屋都难觅，更不要说老街巷。而随着城镇化的发展，让更多的人住进了高楼，人们眼见的大多是直直的大街、直直的高楼边线、方方的房间。从美学角度说，天天面对"直线"，人们对"直线"产生审美疲劳也就在所难免。就像书法的"一"字，写时"一波三折"则显美，那曲曲弯弯的老街巷富于曲线之魅力，更是一道弯就似一胜景。老街巷的"曲"之美已成为城中珍品，怎能不让寻美的游客爱上老街巷游？

恋旧心理也是游客爱到此打卡的重要原因。沙县区六街巷片区提升改造做到修旧如旧，恢复老街巷独特的历史底蕴，让游客在游赏中体验历史悠久的沙县古城老街巷文化，体验别具风格的"旧"味。就如我们在街上走，忽有人叫卖"绿豆冰棒，小时候的味道"，就可能唤起我们童年的记忆一样，在提升改造中顺应了游客恋旧心理的六街巷片区老街巷，怎能不唤起许多人"小时候的感觉"？怎能不唤起潜藏于人们脑中的旧记忆甚至那似曾相识的乡愁？因此说，顺应人们恋旧心理也是抓住游客心的重要原因。

新旧元素融合更是游客爱到此打卡的重要因素。沙县区老街巷提升改造在守旧的同时，不忘多措并举、因地制宜抓创新，做到新旧元素融合：班厝巷打造"状元饼一条街"的新名片，曲巷引进茶艺馆、奶茶店、咖啡店等新业态，池尾巷打造特色小吃摊点的新汇集地……新旧元素融合，使老街巷融古朴与时尚、文化与商业于一体，一街一巷各具特色，让游客在恋旧游中又有别样新体验，让游客流连忘返。

正是这一系列原因，不仅让焕然一新的沙县区老街巷成为新的网红打卡地，而且由此带动了相关消费，让不少老街巷人家吃上"旅游饭"。

（2021 年 8 月 20 日《三明日报》）

游客为何爱上"沙县游"

1月16日,《三明日报》A2版报道,2017年沙县游客总接待量达233.7万人次,比增16.1%,旅游总收入26.1亿元,比增15.5%,谱写出一曲旅游发展的新乐章。

与旅游发达地区相比,沙县旅游资源相对不足。但近年来,沙县坚持绿色发展理念,把旅游作为绿色发展的重要产业来抓。特别是砥砺奋进的5年来,旅游发展一年上一个台阶,沙县也成为全市旅游发展的一个缩影。游客为何爱上"沙县游"?笔者认为,有三个方面值得借鉴。

抓好硬件建设,"来去方便""更有地方游玩"是吸引游客的关键。一方面,沙县四通八达的高速公路、动车高铁、机场等交通基础设施的建成,极大方便了游客。另一方面,沙县努力打造全域旅游,吸引了众多游客。除了抓好淘金山、七仙洞、大佑山等景区的提升改造,沙县区域内新建或改造了沙县体育公园、龙湖公园、"一河两岸"景观工程、七峰叠翠一期景区、生态新城湿地公园以及欢乐大世界、水上乐园等。沙县城区内只需步行10分钟左右,就可以抵达一个公园。正如当地居民所说:"沙县是个大公园,我们住在公园里。"此外,美丽乡村建设以及一批绿野乡居的建成,又给游客增添了新的去处。因此,游客在沙县,或游山,或玩水,或城中游,或乡村游,都能找到相应好去处。

　　跨界融合发展是吸引游客的重要之举。旅游与沙县小吃融合发展，是沙县多年来的成功做法。近年来，沙县旅游努力与体育、文化、采摘体验等融合发展，带来了不少客流。"体育＋旅游"融合发展方面，结合庆祝小吃旅游文化节举办 20 周年，特别策划"运动沙阳季"，并配套编排精品旅游线路；先后举办了全国长胶大联盟福建乒乓球长胶混合团体赛，国际篮球挑战赛，全国定向越野公开赛等国际、国内体育赛事，吸引全国各地的体育爱好者前来观赛、参赛、旅游。体育与旅游的跨界融合发展取得了"1+1 ＞ 2"的效果，跨界融合发展成为助力沙县旅游腾飞的翅膀。

　　打响特色品牌是吸引游客的重要抓手。打响品牌才能提升旅游竞争力。为此，沙县在深度挖掘和发挥中国小吃文化名城、"百佳深呼吸小城"等品牌优势的同时，去年年底又获得"全国文明城市"称号。这些响当当的特色品牌，既是沙县的"城市名片"，也是沙县吸引游客的重要旅游品牌。在创品牌特别是创建全国文明城市的过程中，不仅美化了环境，而且提升了市民的文明素质，市民的文明素质也成了吸引游客的重要因素。

（2018 年 2 月 3 日《三明日报》）

沙县小吃香飘世界的启示

前不久，由沙县政府主推、沙县小吃集团授权的"沙县小吃集团餐饮连锁子公司"美国首家转型升级标准店，在纽约布鲁克林八大道开业。沙县小吃走出国门，足迹遍布美国、日本、葡萄牙等15个国家和地区。

富有特色的小吃各地都有，为何沙县小吃能脱颖而出，从不起眼的零散经营发展成一个富民大产业？为什么能从山区小城走出福建，走向全国，香飘世界？探询其发展足迹，给了我们不少启示。

政府"有形之手"与市场"无形之手"协调发力，是沙县小吃产业发展壮大的主要原因。沙县县委、县政府加强以沙县小吃业为支柱的第三产业，使之成为新的经济增长点。一任接着一任干，抓谋划、建机制、搭平台、强服务，一直把小吃产业作为富民工程来抓。同时，沙县小吃顺应我国市场经济发展大势，其便捷、味美、价廉的特点，一进市场就赢得了广大进城务工人员、在校学生乃至工薪阶层的青睐。沙县小吃需要市场，市场"渴望"沙县小吃。政府与市场协调发力，有效激发了沙县干部群众的干劲和斗志，沙县小吃发展呈现燎原之势。

善于创新，勇闯新路，才能攻克小吃产业发展路上一个又一个难题。创新是引领发展的第一动力。创新，要坚持目标导向和问题导向。从最初举办小吃旅游文化节，成立小吃办、小吃同业公会，到近年来转型升级"规模化、标准化、公司化、规范化"品牌餐饮连锁经营，之所以有了一个个创新之举，攻克了一个个发展中的难题，让沙县小吃走上了又好又快发展的康庄大道。就是因为沙县县委、县政府坚持目标导向和问题导向，善于创新，勇闯新路；就是因为沙县干部群众"实说实干、敢拼敢上"。

　　搭台造势，借力推介，是打响沙县小吃品牌的重要手段。在利用一年一度沙县小吃旅游文化节活动造势打品牌的同时，沙县小吃先后参展江苏无锡举办的"中华美食节"，作为福建美食唯一代表入驻上海世博会，应邀到北京钓鱼台国宾馆、全国人大常委会办公厅机关食堂举办展示和品尝活动，成为韩国冬奥会美食展中国美食唯一代表……一系列内搭平台造势和"抛头露面"向外推介的有效举措，让沙县小吃成为一张亮丽的名片，品牌效应和经济效应日益凸显。

（2019 年 1 月 1 日《三明日报》）

后 记

生长在这伟大的时代，工作在三明沙县这有福之地，许许多多的人和事感动着我。用文字记录令人感动的人和事，是我用笔涂鸦的初衷。

用欣赏的眼光打量世界，才能更好地发现世界的真、善、美，进而让文章充满积极向上向善的正能量，才能让自己在写作中不断收获"升华"的喜悦，进而让自己过上充满情趣的生活。因此，我抱着阳光的心态，用欣赏的眼光看待身边的人和事，不断发现身边的美好，拿起笔来，充满激情地写下了一些散文随笔和感悟文章。

写作是件虽辛劳但快乐的事情，我能够坚持一路写来，离不开众多人的支持和鼓励，我要衷心感谢他们。感谢三明市文联主席纪任才，感谢三明市作家协会主席林域生，感谢各位领导、同事和文友，感谢《三明日报》社领导，感谢《三明日报》社陈光基、陶盛爱、林文斌、阴寿玉、章龙、王艳蓉、苏诗苗、叶明华、王长达、李远明、陈辰酉、连传芳、吕林、曾婷、黄丽莉、罗超旻、陈雪珍等各位编辑老师，感谢《中国旅游报》社编辑龚利仁、东南网编辑肖晓敏，还要感谢我的爱人王莲香……

让我产生出书念头的有这几件事。沙县第三中学语文老师曹英柳常对我说:"你的文章充满正能量,我常拿来作为范文给学生讲解。"还有我的两位同事,将我的文章挑选部分,分别给他们上初中、高中的儿子参考学习。没想到拙作还有此功用,我既惊讶又开心!于是从近年来报刊上发表的 300 来篇文章中择选近100 篇,结集成这本《用欣赏的眼光打量世界》,一方面是对自己一段时间来写作的小结,另一方面是想让这些文章发挥更好的作用。

此书如能给读者带来一点小小的启示,那是我大大的心愿!

俞和江

2023 年 12 月